黃慧鳳◎編著

侯麥 四季的故事

Eric Rohmer
Contes des 4 Saisons

Contes des 4 Saisons

編著者　黃慧鳳

視覺設計　陳建銘

責任編輯　王文娟

發行人　涂玉雲

出版　麥田出版

台北市信義路二段213號11樓

電話 (02)2351-7776　傳真 (02)2351-6320

發行　城邦文化事業股份有限公司

台北市愛國東路100號1樓

電話 (02)2396-5698　傳真 (02)2357-0954

網址 www.cite.com.tw

劃撥帳號 18966004 城邦文化事業股份有限公司

香港發行所　城邦(香港)出版集團

香港北角英皇道310號雲華大廈4/F,504室

電話 (852)2508-6231　傳真 (852)2578-9337

馬新發行所　城邦(馬新)出版集團

Cite(M) Sdn. Bhd. (458372U)

11, Jalan 30D/146, Desa Tasik, Sungai Besi,

57000 Kuala Lumpur, Malaysia.

電話 (603)9056-3833　傳真 (603)9056-2833

印刷　中原造像股份有限公司

初版　2002年7月

售價　新台幣260元

ISBN 986-7895-48-7

侯麥 四季的故事

Eric Rohmer
Contes des 4 Saisons

愛上侯麥的八個理由

　　市面上有許多關於侯麥的書籍，談論他的導演與說故事的天分，分析其作品中展露無遺的詮釋「愛情與巧合的遊戲」的才華。身為一個既低調又神秘的製作人，侯麥將自己藏於影片背後，不受功名誘惑並固執地開創屬於自己的路，堅決與潮流及電影風尚保持距離。

　　侯麥是如此的讓人難以掌握，而他的影片也是如此：既文學又詼諧，因太深奧無法稱為喜劇；太有趣而無法喻為嚴肅的道德傳說；溫和又諷刺的看待人性與人心的反覆無常。因此難以歸類，往往在我們的不經意中，就從指尖悄然滑落。

　　侯麥的電影在世界各地受到喜愛，因為影片中描繪的故事很大眾化，左右為難的愛情透過一部又一部的電影，如同鏡子遊戲一般相互呼應相輔相成。在台灣，一群藝術工作者自大學時代便已開始培養對於電影的熱愛，這份熱誠應與廣大的群眾共同分享。某天，有個本地年輕評論家對我說，「小津、安東尼奧尼、侯麥，他們是我景仰的神。」

　　本書作者黃慧鳳小姐的謙遜值得稱道，在編撰本書時，她不以自己的見解詮釋侯麥那不計其數的作品，而是匯集了卓越的藝術工作者，由他們對侯麥的熱情，撰寫出一篇篇的論述。而本書的成果不僅讓我們看到黃慧鳳小姐的卓越才情，更讓人稱許她的電影熱情。

　　侯麥的四季愛情電影在台上映之際，此書的出版無疑要提供

給讀者的不只是一個關鍵，而是八個訣竅，幫助讀者瞭解並更進一步愛上侯麥的作品。我只有一個期許，期盼這本書引領大家意猶未盡反覆觀賞這些對於靈魂有著純淨誘惑的影片。

傅磊

法國在台協會
副主任兼合作與文化組組長

Huit raisons d'aimer Eric Rohmer

On a beaucoup écrit sur Eric Rohmer, sur ses talents de metteur en scène, de conteur, sur le "jeu de l'amour et du hasard" qui sous-tend son oeuvre. Réalisateur discret et mystérieux, Rohmer s'efface à dessein derrière ses films ; il a su resister à la tentation de la célébrité pour cultiver obstinément sa propre voie, résolument à l'écart des courants et des modes cinématographiques.

L'homme nous échappe, reste des films qui à l'instar de leur auteur nous glissent entre les doigts, résistent aux tentatives de classification : à la fois littéraires et badins, trop profonds pour être des comédies, trop amusants pour n'être que d'austères fables moralistes, regards tendres et ironiques portes sur le genre humain et les caprices du coeur.

Parce que leurs histoires présentent un caractère universel, dilemmes amoureux qui se répondent et se complètent d'un film à l'autre comme un jeu de miroirs, les films d'Eric Rohmer sont appréciés dans le monde entier. A Taïwan, une génération d'artistes cultive, depuis les bancs de l'université, une passion pour le cinéaste qu'elle se devait de partager avec le grand public. "Ozu, Antonioni, Rohmer : voila mon panthéon", me confiait un jour un jeune critique local.

Avec une modestie qui l'honore, l'auteur de cet ouvrage, Mlle H. Phoebe Huang, a choisi de ne pas écrire une énième interprétation de l'oeuvre de Rohmer. Elle a préféré rassembler des contributions d'artistes autour de leur passion pour le cinéaste. Le résultat n'est pas seulement à la hauteur de sa compétence, il est, mieux encore, à la mesure de sa passion.

A l'heure ou les *Contes des Quatre Saisons* sortent dans les cinémas à Taïwan, cet ouvrage n'a d'autre prétention que de donner à ses lecteurs, de la maniere la plus illustrée qui soit, non pas une clé mais huit clés pour comprendre et aimer l'oeuvre d'Eric Rohmer. Je n'ai qu'un seul souhait, c'est que ce livre leur donne envie de voir et de revoir ces films, qui sont un pur enchantement pour l'esprit.

Pierre Fournier

conseiller culturel, directeur adjoint
Institut Francais de Taipei

電影，讓我們清楚看到世界

當台灣能夠與世界接軌無礙，並且將目光放大而清楚看到整個世界時，我們將更清楚的看到自己。

電影，就是一種讓我們清楚看到世界的方式。當我們看到不同國家，因為不同的文化、社會，而產生出風貌迥異的電影時，我們不僅會看到並體會到一種動人的人文風情和情感經驗，同時，也會促使我們反思自己所處的情境，回看自己所安身的角落，並因此而產生更為恢弘的視野和關照。

也因為喜歡看電影，所以認識了對電影具有無限熱情的黃慧鳳小姐，並且屢次在她的熱情邀約下，為電影文化的發展進一分心力。當她在為優士電影公司努力推動法國導演侯麥的作品時，我也欣然同意擔任《人間·四季·侯麥》系列活動中推廣法國電影文化的「親善大使」，希望能以自己小小的影響力，鼓勵更多的人一起來參加這場豐富的電影饗宴！

我非常高興能有這個榮幸為這本書寫推薦序。我希望我能以非專業電影人士，卻是熱情的電影文化推廣者的身分，為一位法國的電影大師、黃慧鳳小姐的電影熱情，和本書《侯麥 四季的故事》，做出小小的貢獻！

李慶安

SOMMAIRE
目錄

與大師對話

相約巴黎，與大師對話
侯麥電影年表

相約巴黎‧與大師對話

時：2002 年 4 月 25 日下午 3 點
景：台北／中正國際機場
人：黃慧鳳（以下簡稱「我」）、氣氛人物

　　儘管我經常出國，儘管我總是在最後一分鐘才匆匆忙忙打包行李，甚至是朋友口中的「Miss Last Minute」，卻從來沒有一次是在飛機起飛前五個鐘頭才被通知有機位，然後趕緊去買了機票，還居然在機場就開始感到緊張！

　　一個八十二歲的老先生在法國等我，而他的「愛情」讓我、讓全世界多少觀眾迷戀神往！

　　懷著忐忑不安的心情，我踏出海關，開始二十一個半小時的飛行及轉機的旅程。飛機從台北過境香港，停曼谷，等兩小時，再轉搭法國航空前往目的地。當天從亞洲各城市前往歐洲各大城市的航線班機都客滿，我好不容易等到一個候補機位，得以輾轉前進巴黎。

　　這一張機票能到我手上，必須歸功於許多人的幫忙協助。尤其是法航訂位組的王小姐和旅行社的林小姐，熱心又耐心地為我安排各種可能的轉機行程，在出發當天早上緊急通知我終於有了機位。王小姐知道巴黎這位老先生對我的重要性，而法國時間四月二十六日是唯一可以安排見面的日子。我必須要能在二十五日前進巴黎，才可以讓一切變得可能！

　　一九八九年，六十九歲時拍出《春天的故事》，今年八十二歲的艾力·侯麥（Eric Rohmer）在接下來九年的時間裡陸續完成《冬天的故事》、《夏天的故事》、《秋天的故事》，感動了千萬的電影觀眾。

　　這位創作力旺盛的導演，啟發我這個電影人，讓我對他充滿敬佩又崇拜不已。他的電影，感動著銀幕下的我，觸動心絃，讓我對情感與生命產生深刻的思考。更激起我胸腔裡對電影那沸騰澎湃的熱情，使我產生勇氣、努力不懈地排除萬難，無論如何都不肯放棄見他一面的機會！

　　從二個多月以前，我就已經開始聯絡製作發行侯麥電影的法國片商菱形電影公司（Les Films du Losange），得知他的私生活與工作劃分得很清楚。安排訪問的Danièla Elstner說，侯麥沒有手機，只有一個辦公室的電話可以聯絡，過了下午六點她就不能再打電話給他。

　　侯麥面對媒體也十分低調，一向不喜歡接受訪問，更別提接受拍照或攝影。對於電視台的拍攝，他一概拒絕。若是要做訪問的時候，他不喜歡用英語，也不喜歡有翻譯居中溝通。

　　有一件令我欣慰的事，侯麥喜歡我編寫這本《侯麥　四季的故事】的想法，願意為書接受我的訪問。只是在接下來的一個月，他外出度假、工作忙碌，總之就是一直沒能協調出一個時間跟我見面。

　　突然某一天傍晚，我在外面開會，接到Daniela從法國打來的電話，說侯麥在星期五下午三點有空，問我能不能過兩天就飛到巴黎。

不論是對一個熱愛電影的影迷，或是一個積極從事電影工作的影評人來說，能夠跟大導演見面實在是一件天大的消息，這更可能是一生中僅此一次的機會。所以我毅然決然地下定決心克服困難，交代了手邊的工作，冒險出發去找侯麥！

航空公司沒有機位，我還是要飛到巴黎？誰給我一雙翅膀？

時：4月26日下午3點
景：巴黎第十六區／菱形電影公司辦公室玄關
人：艾力‧侯麥、黃慧鳳、雪美蓮（Mary Stephen）、氣氛人物

我坐在玄關接待處的白色椅子上，看著來來往往經過面前的工作人員，他們忙碌地穿梭在這個大約五十坪的公寓房子裡。不時對我投以打氣的手勢，我想我一定看起來十分坐立不安，期待與興奮的表情明顯地寫在臉上。

侯麥很準時。三點整，白色厚重的大門被打開了，我的心噗通重重地跳了一下，一個白頭髮的老先生走進來，我立刻站起來，因為我知道就是他！

四月底的巴黎還是冷風颼颼，那天下午還飄著細雨。他戴著一頂帽子，背著一個運動型背包，米色的風衣看起來有些雨溼。

剪接師雪美蓮走過去迎接他，他們用法國人與朋友打招呼的方式 faire la bise（在臉頰兩邊親吻）互道日安。他示意要我先等會兒，他要進辦公室整理一下。

當美蓮來叫我進去時，她再一次叮嚀我，拍照一事恐怕真的

不行。

　我的包包裡背著三台相機，我能不能從鏡頭中看到一個導演？

時：4月26日下午3點05分
景：巴黎／菱形電影公司侯麥專屬辦公室
人：艾力‧侯麥、黃慧鳳、雪美蓮

　穿過一個長廊，走道底，在公司較隱密安靜的角落，侯麥有個自己專屬的辦公室，大約五、六坪大小。四周牆上的書架上，排著許多書籍。辦公室裡有張木製大書桌，書桌左方有盞白色燈罩的檯燈，他坐在書桌前，並示意我坐在他的對面。

　美蓮則坐在我身後左方的椅子上。

　書桌的右方，有一扇大大的落地窗。下午三點的陽光正好，辦公室裡的光線明亮而溫和。我可以看到陽台上鏤花欄杆旁的綠色植物，也可以望見更遠處對街上的那幢白色樓房。

　趁著老先生還在調整他的座椅時，我從包包裡把紙、筆、錄音機拿出來排放在書桌上，並把「見面禮」準備好。訪問開始前，我先謝謝他願意接受訪問，並奉上我的心意。

　我的「見面禮」是來自四川的新茶，沒等我開口，他一看到紅色的盒子，馬上就問：「是茶葉嗎？」我回答是今年春天才剛剛採收的，他開心地收下。我緊張的心情到此稍稍和緩了些，開始了我的訪問。

問：法國電影新浪潮是您和其他友人，包括楚浮、高達等人在六
○年代前後《電影筆記》（*Cahiers du Cinéma*）時發起的。
我們現在已經是2002 年了，回顧法國電影新浪潮，請問您
有何想法？

答：電影有很多意義，新浪潮所強調的是要做接近生活的電影！
最重要的是，我們都在街上拍片，並非像以前都在片場內拍
攝。《四百擊》、《斷了氣》，都是在街上或鄉間拍攝。其
次，我們都用新演員，例如尚-克勞·布萊利（Jean-Claude
Brialy）、楊波貝蒙（Jean-Paul Belmondo）。

　　再者，我們拍攝的題材比較個人，並且打破編劇與導演之
間的差距，我們認為應該自己寫自己的劇本和主題。好比
《四百擊》、《斷了氣》、《獅子的印記》等等都是導演自己
寫的劇本，呈現自己想要探討的主題。

　　當然，也有些電影是作者所拍攝的，但那剛好是相反的情
況，因為他們是戲劇的劇作家寫了劇本，然後拍成電影，如
沙夏·季特理（Sacha Guitry）及馬歇·巴諾爾（Marcel
Pagnol）；我們則是導演想拍電影，自己寫劇本。我認為這
是新浪潮的經典特質。

問：從六○年代起，您致力於電影工作已經四十多年。拍了那麼
多電影，約有三十部之多，您自己是怎麼看「看電影」的？

答：其實我小時候並沒有看很多電影，雖然我是出生在默片時
代，但是我並沒有什麼默片經驗；當我開始看電影時，已經
是有聲電影的時代了。

Contes des 4 Saisons

我看過一部默片是一部在法國很賣座的電影《賓漢》
（*Ben-Hur*）。我童年時也看過給小孩子看的喜劇短片；還有
我看過卓別林的第一部電影，但那並不是他最出名的作品。

問：從您開始拍第一部作品至今，請問您認為電影有什麼改變？

答：我覺得其實電影都是一樣的。現在用的底片跟一百年前是相
同的，只不過現在還多了錄影帶的形式，甚至電子數位化。
例如我最近的一部電影也用了新技術，我用電腦處理剪接、
特效的工作。

就導演工作來說，場面調度沒有太大變化。1920 到 1930
年期間比較有變化，但從 1930 年以後至今，幾乎都一樣
了。唯一的差別是聲音品質的改良。

三〇年代的電影是黑白的，現在的則是彩色的，電影中的
影像都是很美的。甚至三〇年代以前的電影也是很好看，不
過當時的影像風格與現代截然不同。

問：在您的電影中，音樂或是聲音，是很重要的元素。

答：對我而言，我的電影沒有配樂。我用很多現場音，我不想讓
音樂破壞我的環境音。例如你可以聽到鳥叫，或海浪的聲
音。

問：所以在您的電影中，聲音很豐富啊！好比在《夏天的故事》
中，男主角會彈吉他、女主角會唱歌。他們不是配樂，卻很
有表情。

答：對啊！對我來說，劇中人物唱歌的曲子，就是電影中人物的行為、角色的表演，就像如果他會畫畫，或做運動一般，純屬角色劇中演出的一部分。但是我不使用電影配樂。

問：就我所了解，您甚至會為劇中人物角色買劇中所應該要或需要穿的衣服。您很重視流行時尚嗎？當我看到您以前的電影時，會感到您為您的角色人物創造出一種經典性與永恆感。

答：我會跟著時代潮流！而在我的電影中，我都是用當年流行的服裝。例如《女收藏家》（*La Collectionneuse*），那是一部談論時尚的電影；《圓月映花都》（*Les Nuits de la pleine lune*）中，時尚有著重要的份量，所以演員都是穿著當年時興的衣服。

不過，在我拍片的四十年期間，六〇年代至 2000 年，我察覺到流行趨勢變化並不大；但在二〇年代至六〇年代間，變化就很大。

不只服裝如此，髮型也是如此。好比妳的頭髮一樣，這樣的髮型，在六〇年代也是存在。

洋裝的裙擺長度從六〇年代開始愈變愈短，但到了現代，什麼長度都有、都可同時存在；長褲也一樣，不同年代有不同的流行寬度，不過到了現代，無論是寬的或窄的褲管樣式都有人穿。

二〇年代流行兩種長褲，一是喇叭褲，一是法國知名歌星查理特納（Charles Trenet）常穿的直統褲。我們一看到電影裡的角色有穿這兩種褲子，馬上就可以知道那是哪個年代的

影片。

　　從前的流行趨勢，每個人都非得要穿那個模樣，我們看到一百年或更久以前的照片中，街上的人幾乎穿著的模式都一個樣。

　　在拿破崙三世的時期，當時流行男士戴帽子，所以你會看到所有的男人都戴著一頂黑色的高帽子，叫大禮帽（haute-forme）；而夏天的時候，他們戴草編的扁帽（canotier）。

　　現在的人愛怎麼穿就怎麼穿，因此比較起來，現代的流行自由度較高。我覺得時尚在我們的世代，比較穩定，也比較緩慢。

問：您拍電影的工作持續了很長的時間，這麼長久以來，您如何能一直保持創作的動力？

答：我不知道，我有了創意，接下來就拍成電影，沒有人給我題材，並不是因為製作人給我主題我才工作。

　　在美國的情況經常是製片人找導演合作，例如最近我跟一個在美國拍電影的朋友聊天，他已經拍了電影。我問他電影的劇本是否是原創的，他說是。接著我問他電影的題材是否是他自己原創的，他說不是。那是誰的？是編劇的。所以是先有了劇本，製片人才找導演來拍攝的。

　　但是這種情況在法國是很罕見的。這裡並非編劇或製片人選擇或提供題材，而是導演有自己的想法，他跟編劇一起工作，他們是合作的關係，但編劇並不是主要的創作者。

　　在法國，導演是最重要的人，我相信這是新浪潮特別強調

的重點。在那之前已經有人提出過了，如尚‧雷諾（Jean Renoir）、馬塞‧卡內（Marcel Carnet）等人，但新浪潮更強調這點——我們自己是作者——而這也是楚浮提出「作者論」的重點：導演是一部電影的作者，這可以說是新浪潮最重要的觀點。

我覺得創作困難之處，在於要找到一個題材。有時必須要等一段時間，因為必須創造出一個點子，所以我們能創作的電影比較少。好比導演約翰福特（John Ford）或希區考克（Alfred Hitchcock），他們能拍出六十至八十部影片，因為他們不必自己創造主題；但我們必須等待，比較難，也比較需要花多一些時間，來製作比較屬於個人、表達個性的作品，要有那麼多產量是不可能的。

拿作家來說，當然，也有些作家能寫六十部書，但那是某種特定類型的書，例如偵探小說；而一個偉大的作家，寫作量可能不及那麼多。

再回到你的問題，沒錯，我總是能找到拍攝的題材，並非是錢的問題限制了我，但是我不可能創作出兩倍量的電影，否則我不知道會不會開始自我重複。

我總是能順利地發想出新的創意，雖然這並不容易，因為有時創作時會碰到法文所說的「空白紙張的焦慮」（"On a de l'angoisse de la feuille blanche."），產生「我該怎麼辦？」、「能有什麼創意？」的不安。

問（美蓮）：但有時你電影中的創意必須醞釀很久吧？

答：沒錯，我並不是立刻就寫好一部影片，這必須要花時間。有些想法我二十歲時就有了，慢慢發展，共醞釀了四十年才成熟；而有時等待成熟的過程持續了二十年。

　　有些小說家也是如此，在成就許多作品之後，晚年才完整地把年輕時期就有的想法創作出來。

問：我自己也從事編劇的工作，因此深深能體會創意醞釀不易之處，您是一個多產的導演，請問您在哪裡、又是如何找到這麼多的創作靈感？

答：怎麼找主題嗎？我真的不知道！就像一個音樂家作音樂，或是畫家作畫一樣，靈感可真是神祕的事！沒人知道靈感怎麼發生，有時有、有時沒有，並不是求之就來。也許若是我生在不同的時代，也許若是電影不存在，我可能無法有這些靈感也說不定，也或者我會繪畫、作戲劇。這是神祕且不可解釋的事！

問：許多人常會問的一個問題是，當年您在拍攝【四季的故事】系列電影時，為什麼是依春、冬、夏、秋的順序呢？

答：那一點兒也不重要。我也出版了一本【四季的故事】的書，在書中的就是按春、夏、秋、冬的順序排列。

　　在影片製作過程中，我一直找不到適合演《夏天的故事》的主要演員。我先拍《春天》及《冬天》，是因為我在拍攝《春天》時，就找到我喜歡的一個女演員叫夏綠蒂（Charlotte Very）適合演《冬天》，但我不想她變老，所以《春天》之

後就接著拍《冬天》。

　　但現在電影都已經推出了，如果是作回顧展放映，可以按春、夏、秋、冬的順序來看電影。

問：我曾看過一篇報導，指出您有時花許多時間選角，請問您如何決定適當人選？是否有特別的方式選角？

答：選演員嗎？我沒有特別等待演員啊！沒錯，我是等待《夏天》的演員，但通常我是先找到人選，雖然不是每部電影如此，但有許多情況都是我腦海中有了演員的聲音，對我而言，這樣比較容易寫出故事及對白。

　　不過，我偏好用不太有名的演員，我很幸運都能找到有意思的演員。但問題並不在於找到演員，演員成千上百，我經常收到很多演員寫信給我，我可以拿給你看（他開始忙著打開抽屜，試圖找出一封演員寄給他的信），當然無法全數都能回信，但有時我會回信，然後決定採用。但無論如何，我用他們的時候，他們都還是新演員。

　　我喜歡採用一些從來沒演過戲的新人，我極少用已經有很多經驗的演員，有名的男演員比女演員多些。像尚-克萊‧布萊利、路易‧特里農（Louis Trinlignan）、安德烈‧杜梭利耶（Andre Dussolier），他們是已受到肯定的演員，但我用法柏利斯‧陸其尼（Fabrice Luccini）時，他是新演員；通常就女演員而言，我都用不知名的演員。

問：您的作品中，您最喜歡哪一部電影？

答：最喜歡的？沒有。不，應該說，全部！

　　我的電影對我來說，首先，有些是屬於系列電影，比如【六個道德故事】、【喜劇與諺語】系列、【四季的故事】，一部電影呼應另一部電影。如果我說我不喜歡其中一部，那放在一起就說不通了；這些成套的電影，彼此間互相連貫、一致。

　　我非常非常喜歡那些單獨的電影，並非說它們比其他的好，但總而言之，我不能說有哪一部我不喜歡，或有哪一部我比較喜歡的。全部的電影都一樣，我一視同仁。它們都是我的孩子。

問：那麼請教您，您的電影中是否有反射您個人的生活或思維呢？

答：沒有。當一個畫家畫了一顆蘋果或一朵玫瑰，我們不能說那是反映他的生活吧！至少不是直接地。因此，我的電影並沒有直接地反映我的生活，應該說是受生活啓發，常常是完全無中生有的發想出來的，跟我所見所聞、外界所發生的事毫無關聯，但當然有影響。

　　就算我敘述的是我親身經歷過的事，一定也是透過轉換，也就是說，例如，現實中發生在一個男人身上的事，我會把它寫成是發生在女人身上。而看待我自己也是如此，我同樣認同男性與女性角色。在法國有一句有名的話，關於一位知名的小說家福樓拜（Flaubert）：有人問他是誰讓他有了寫《包法利夫人》（*Madame Bovary*）的靈感，他則回答：「包

法利夫人就是我！」（"Madame Bovary, c'est moi！"）。我同意他所說的，我們可以在每一個角色人物中找到作者的一部分。我一樣存在男性跟女性的角色中。

問：據我所知，您的劇組人員都已經跟您合作多年，如雪美蓮已跟您工作二十多年之，請問您都如何選擇您的工作夥伴？

答：（美蓮笑著說：「巧合！」）是。不，不，不對！我並不是找有名的工作人員，我很幸運能找到好的技術人員，他們從來沒有讓我失望過。

美蓮替我工作前，我已經看過她拍的第一部電影，我感覺若是她已經拍過很多電影了，那麼她可能就不會答應替我工作，但正好她那時有空。

至於其他人，如我的攝影師奈斯特‧阿曼多（Nestor Almendros），他是古巴難民，有一天他來看我。有一次我在拍短片時，我的朋友跟一個穿著整齊的人一起來，他帶著一部照相機，他剛到法國，是西班牙裔，他問我可否讓他拍一些電影的照片，我同意了。然後他就拍了一些照片。

當時我的攝影師是艾倫勒逢（Alain Levent），我們一起去咖啡館，他必須去打一通電話給伯格（Beauregard）製作公司的製作人。他打完電話回來跟我說：「不好意思，伯格請我去當一部影片的攝影師，我不能再繼續為您工作了，因為他們付給我必較多的錢。」我說：「好」。但是，我問奈斯特我該怎麼辦？我沒有攝影師了。他回答我，有啊，就是他。可是我很擔心，因為我根本不知道他是誰。

Contes des 4 Saisons

奈斯特是個很有禮貌、又內斂的人，他拿著必須靠手動對焦的攝影機，然後他對我說：我們用光圈 2.8 來拍吧。但是當時與早上先前艾倫拍攝時的光線並無太大改變，而艾倫用 3.5 拍攝，因此我問奈斯特：「你確定嗎？」底片是必須講究精確的。結果他竟然告訴我隨我決定。

（侯麥一邊說，一邊笑，美蓮也在旁笑開了）在那當下，試想攝影師跟我說隨便我都可以，那我怎麼知道他想怎麼樣。但最後（美蓮緊接著好奇地問：他用光圈多少？），我也不記得到底最後是多少，因為他說他認為用 2.8 或更小都行，不過，所幸最後一切都沒問題，只是剛開始的時候，我確實很怕。

（美蓮笑著加入討論：他原來只是個照相的攝影師，不是嗎？）不，他在古巴時曾經做過攝影師的工作，身為攝影師必須熟悉沖印公司工作的模式。底片的沖印與當地的沖印習慣有關，也許古巴的暗房習慣與法國的不同，若是沖片顯影時間比法國長，那麼就會有所影響，因此拍攝時的曝光時間就會受到影響。攝影師是做什麼的呢？攝影師的工作與暗房息息相關，必須充分了解他們沖印底片的習慣。

說這些就是跟妳解釋，我選擇工作團隊時，都是巧合，但是我每次都有很棒的驚喜。奈斯特之後也成為一位知名的的攝影師，他也在墨西哥及其他國家拍攝電影。

我選演員時也很幸運，只不過他們後來各自在事業上的發展不同，有時順利、有時不順利，這跟天份無關，不過事實就是如此。

問：我可否請教您的下一步計畫是什麼？

答：當然你可以問，但是我從來不回答這個問題。例如我在拍
《秋天的故事》時，有時我停下來去拍另一部片，我都不會
透露任何消息。

問：您怎麼定義「電影」？

答：高達曾說過：「電影就是每秒二十四格的眞實」，但這不是
我的定義。他說的對但也不對。因爲我們並沒有電影不連續
的這種想法。眞實並非是一格接著一格的動作的總結。

電影有自成一格的定律，我們不能用判斷其他事物的方式
來看待電影。電影中有些部分類似繪畫、音樂、文學，其實
是來自文學，但電影並不只是把漂亮的畫面加總起來就成
了。

電影完全不像任何其他的事物，電影必須用新的規則來評
判。這是很重要的。但很多人其實做不到這點，甚至是一些
影評人，他們談論電影像談論戲劇或一本書一般，但其實評
論電影比評論一幅畫或一本小說更難。要當一個電影的「鑑
賞家」比其他事物的鑑賞家（如美食家、品酒師）更難。

有這種想法的並不只我一人，甚至有人比我更甚，雖然我
們的想法也不盡相同。有一個法國導演羅伯布烈松（Robert
Bresson），他認爲電影與任何事物都不一樣，他認爲電影與
戲劇不同。我也認爲不一樣，但是我跟他的觀點不同。好比
說，他認爲在戲劇中有許多肢體動作，但電影中並沒有；但

我不以爲然，我認爲有電影的肢體動作，也有戲劇的肢體動作。他認爲對話並不是很重要，那是屬於戲劇的；但我不這麼認爲，我覺得應該有電影的對白，也有戲劇的對白。

問：除了電影，您也作戲劇，不是嗎？

答：是的，我導過一齣戲劇，但事實上，不只是導演，我翻譯了克萊斯特（Heinrich von Kleist）的德文小說《O侯爵夫人》，後來我寫成了《O侯爵夫人》的電影。

　　我還寫過一齣小型的舞台劇《降E大調三重奏》（Le trio en mi bemol），我自己也當導演，反應還不錯，曾在各地巡迴演出。

問：就我在英國求學的經驗，發現許多電影演員都有戲劇表演的背景，我認爲英國電影深受傳統戲劇影響。請問您如何看待電影與戲劇之間的微妙關係？

答：有的導演從不用戲劇演員，但我不會這樣，我認爲戲劇演員也可以在電影裡有很好的表現，當然他的表演方式是不同的，十分的不一樣。儘管有些演員例外，可能在演電影時，還是照戲劇的表演方式演出。但例如我去年的新片《女仕與公爵》，我用了一個舞台劇出身的演員，但他演電影時完全是不同於舞台劇的風格。

　　當然電影與戲劇是不同的，在舞台上的表演形式是不同的，比如聲音必須要帶出來，必須要很大聲說話，而電影演出時則小聲許多，兩者截然不同。儘管是從未受過正式電影

表演訓練的戲劇演員也會用不同的方式表演，因此對我而言這並不是問題。我相信戲劇演員也可以在電影中有極佳的表現。相反地，一個電影演員不見得能演好舞台劇，因為那需要特殊的表演技巧。

問：對於電影圈的新生代，您可否給予一些建言？

答：我不知該怎麼建議，相反地，我想應該是新世代以他們的電影讓我驚奇。

　　但就我自己而言，我深受早期的電影大師、作者所啟發。我認為作電影極為重要的，不只是要思考當代的電影，更要研究電影剛萌芽時期的作品；不只是要認識當代的作者，更應該認識更早期的作者，必須要研究盧米埃、卓別林等等。看那時期的電影，更容易找到原創力。電影人應該了解電影從最早期開始再到現代的作品。如果靈感只來自當代電影，往往容易受限於現代流行的電影表現手法。

　　我認為多元化地擁有不同時期的文化素養比擁有同時期不同文化更重要。不必認識現今全世界的導演，但一定要認識過去一世紀以來的導演。也許這樣，我們可以創作出更個人化風格的作品。實際上，現在要看早期的電影可能不容易，有很多學電影的人甚至沒看過默片電影；但對我們來說，在新浪潮電影時期，我們每天到電影圖書館中看許多的無聲電影，因為那裡有的就是默片電影，這對我們十分有益，我相信是因為如此，才練就了我們這一群人。看那些早期的電影，有別於法國當代其他的電影，也因此讓我們有所不同，

不隨波逐流。現在雖然不易找到舊的影片拷貝，但應有錄影帶、DVD，必須看很多默片才行，必須學習欣賞、品味，這並不易做到，但是非做不可！

問：您認為電影的價值何在？

答：電影的價值與其他藝術價值一樣重要，並不低於其他，也不高於其他。在二十世紀末，其他藝術面臨了危機，但是電影可以逃過一劫，我覺得電影有點特權，不似繪畫、音樂、文學般受危機威脅。但我不知這種情形會不會持續下去就是了。

問：為什麼您不喜歡旅行？

答：我從小就很喜歡旅行。但我是一個作者，並不只是一個導演。我不能為了我的電影浪費我的時間旅行，我指的是為了宣傳我的電影而旅行。我寫作、拍片，一旦電影完成，宣傳的工作有其他的人負責，而我有更重要的事要做，我的時間要用來拍電影。

　　以前我喜歡去旅行，因為以前旅行是一件稀罕事，要認識外國也不容易；但現在有了電視，不必去旅行也可以看到很多事物。而且即使去旅行，經常也不是很容易就可以跟人們接觸。

　　我看見有很多人旅行很簡單，只是因為習慣，而我每次旅行，都會受很多事物感動。我很少旅行，但每次我旅行，都有很大的收穫。現在我在法國國內旅行，並不是為了電影，

而是爲了我自己，我用兩隻腳旅行，當然，我先搭火車，然後才步行。我覺得，這樣旅行的方式，能更深入認識事物，比起搭飛機旅行、住在國際級旅館來得更有深度。

我一點兒也不喜歡爲了電影而旅行，尤其也不喜歡當名人或貴賓，我想當平凡人。我旅行的時候坐火車也是坐二等艙，連旅館都是住一星級的，甚至是沒有星級列等的，因爲我不喜歡住旅館，我都住公寓式的民房。

我是無名氏，一丁點兒都不喜歡被正式邀請。我沒有西裝，不知道要怎麼穿，妳看我的外套，我也沒有領帶。我去年去威尼斯的時候，只好去買了一條領帶，（美蓮笑個不停，說那條領帶是挺條不錯的領帶）但是我一點都不在乎。我告訴妳實話，我覺得那是浪費時間。

一個導演不需要旅行，反正我跟妳說話或我寫作，甚至是妳爲我寫一本書，跟我自己寫是一樣的，並不一定要我親自說。

最重要的部分是製作本身。我自己並不一定要跟我喜歡的電影人見面，我覺得能看到他們的照片也是一樣。甚至以前我在《電影筆記》當記者時，我曾經採訪過一些導演，但也有些導演沒採訪過，並不是我不喜歡他們，只是這和報導兩者並無太大關係。我認爲對觀眾而言，看電影比看我本人更有意思。

問：不過我本人是眞的很高興能見您一面！

答：這我能理解，這是當記者的特權，我了解妳的欣喜。但我很

佩服那些電影上映時，在法國境內到處旅行，緊鑼密鼓地做宣傳的人。若是到一個城市，我喜歡慢慢逛、好好享受獨自散步的悠閒自在，看有趣的事物，我不喜歡來匆匆去匆匆。我去過美國兩次，但其他時候我旅行都是爲了自己而不是爲了電影。

問：我已經問完了我的問題了。謝謝！

答：那好，我們時間剛好，如果妳高興就好。我不知道我跟妳說的這些是否符合你所期待的。但都好，因爲能得到出乎意料的事更好！

問：是的，我並不是只爲了問關於【四季的故事】，畢竟這四部影片只是占您的作品的一小部分。我一定得好好地把這本書做好，讓所有喜愛電影的讀者都能分享到您這些難能寶貴的經驗。

答：那麼我希望我所說的話並沒有讓你們失望，而且我也希望觀眾不會對我的電影失望！

時：4月26日下午4點10分

景：巴黎／菱形電影公司侯麥專屬辦公室

人：艾力‧侯麥、黃慧鳳、雪美蓮

爲時一小時的專訪終於結束了，因爲我已經問完了我所有事

先準備的、臨時發想的問題。侯麥耐心地回答我所有的問題，即使不能回答的問題，也給我詳細的解釋。他開始跟我閒話家常，還問我是否在法國住過，稱讚我的法語沒有什麼口音。這對一個在台灣才上過一年半法語課程的「初學者」來說，簡直是莫大的鼓勵！

因此我也告訴侯麥，編寫本書時，邀請八位不同世代、不同領域的作者撰稿，加上作【四季的故事】劇本精華的翻譯（中法對照），用意也是希望除了導讀觀眾看他的電影，經由影像獲得視覺經驗，也能透過文字的形式，讓更多學習語言或文學的人，欣賞侯麥的文學，接觸法國文化、了解法國式生活。

他會意的笑容讓我一切的努力與接下來將有無數個沒日沒夜的寫作工作得到肯定，再怎麼辛苦困難我都得完成這個理想。我謝謝他接受我的訪問並答應他我一定要作出一本有意義的書！

我擔心老先生體力，所以開始起身整理準備離去。同時，有些不安地告訴他，我其實帶來了三部照相機。他一聽到這裡，就斬釘截鐵、簡短地說：「No」。我沒有任何異議，繼續收拾筆記及錄音機。我想，反正我已經很感激能有一個完滿的訪談了。

然後他緩緩地站起身來，走到書桌旁，若有所思、慢條斯理地說：「既然妳從那麼遠的地方來，」又有點不經意地說：「好吧，我讓妳拍一張照片好了。」我對這突如其來的恩典感到興奮不已，手忙腳亂地準備相機。

他問我用黑白還是彩色底片，要他站哪裡拍。接下來，我看到他忙碌了起來，先是去打開窗戶，站到陽台上、又換到窗戶旁擺姿勢，再站到鏡子前面理一理頭髮、拉一拉襯衫及外套。一會

兒又站到書架前，問我要不要把檯燈關掉。

因為只有一次機會，我必須確定光圈快門恰當、焦距清楚，因此拿出最熟悉的相機。等他站定，我按下60分之一秒的快門，捕捉了一個鏡頭。然後他又換了一個姿勢，我心裡有點激動不安又很雀躍地問：「還可以再拍嗎？」

他輕描淡寫地回答：「我不知道妳要不要再拍一張啊！」

我當然說好。拿出LOMO相機回答，「剛才拍的是黑白的，那拍一張彩色的好了！」

最後我拿出在電影書專賣店能買到的所有他的電影劇本及分鏡腳本，請他在其中一本簽名。

最後他伸出大大卻也瘦瘦的手跟我握手，再一次謝謝我送給他的「青山綠水」茶葉。

走出侯麥的辦公室，美蓮一直說：「這簡直不可能，他從來不給別人拍照的。」連去年他得威尼斯終身成就獎，頒獎現場只准有一個指定攝影師在場。由此可見，他真是對我太慷慨了！

我滿懷著感恩的心情，為這個「奇蹟」激動不已。這個不可能的任務，竟然圓滿完成了！

侯麥電影年表

短片：

1951 : Présentation ou Charlotte et son steak

1958 : Véronique et son cancre

1964 : Nadja à Paris

1966 : Une étudiante d'aujourd'hui

長片：

1959 : Le Signe du lion 獅子印記

【六個道德故事】：

1962 : La Boulangère de Monceau 麵包店的女孩

1963 : La Carrière de Suzanne 蘇珊的愛情事業

1967 : La Collectionneuse 女收藏家

1969 : Ma Nuit chez Maud 慕德之夜

1970 : Le Genou de Claire 克萊兒之膝

1972 : L'Amour l'après-midi 午後之戀

1975 : La Marquise d'O... O侯爵夫人

1978 : Perceval le Gallois 柏士浮

Contes des 4 Saisons

【喜劇與諺語】：

1980 : La Femme de l'aviateur　飛行員的妻子

1981 : Le Beau mariage　好姻緣

1982 : Pauline à la plage　沙灘上的寶蓮

1984 : Les Nuits de la pleine lune　圓月映花都

1985 : Le Rayon vert　綠光

1987 : L'Ami de mon amie　我女朋友的男朋友

1986 : Quatre Aventures de Reinette et Mirabelle　雙姝奇遇

【四季曲】：

1989 : Conte de printemps　春天的故事

1991 : Conte d'hiver　冬天的故事

1996 : Conte d'été　夏天的故事

1998 : Conte d'automne　秋天的故事

1995 : Les Rendez-Vous de Paris　人約巴黎

1996 : L'Arbre, le maire et la médiathèque　大樹市長文化館

2001 : L'Anglaise et le Duc　女仕與公爵

八觀點

新浪潮的最後一抹綠光

黃建業 文

在芸芸法國新浪潮電影大師中，艾力・侯麥可算是相當獨特的一位。他比起電影筆記派的同僚來說，年齡將近大了十歲。侯麥本身在個人與影片趣味上，都跟筆記派其他作者大有差異。首先，當很多人像尚-盧・高達與楚浮等人從1958年開始，即以新貴的姿態入主國際影壇引領風騷的時候，侯麥依然故我地待在《電影筆記》這份雜誌，推動電影的「作者批評」一直到1963年，從影評創作到主編工作，歷時十多年之久。相較於其他筆記派盟友而言，他無疑是一位更專注於評論事務的知識分子。就他的作品而論，他比不上高達在革命形式的執著和大膽，在情感層面不似楚浮委婉動人。在類型轉化上不如夏布洛，在寫實與時空開發力上不若李維特，說到題材的選擇又不比馬盧，撼動道德幽黯的禁忌地帶。侯麥壓根兒就不像六〇年代的右岸青年，欠缺反對五〇年代壓抑的強烈動力與反叛性，甚至連那種不管天高地厚的遊戲人間的天真也缺如。我想這或許就是侯麥大器晚成，到六〇年代末，始以《慕德之夜》和《克萊兒之膝》贏得遲來的國際肯定的原因吧！

侯麥在筆記派導演群中有一種獨特的成熟與世故，早期作品《獅子印記》、《麵包店的女孩》和《蘇姍的愛情事業》等片，雖以友誼及愛情故事出發，卻在影片的調性上處處節制，處處理性地流露出特殊拘謹的魅力。大部分侯麥迷都承認他作品迷人之處正在那種理性的壓抑和拘謹，它是如此人性地充滿固執、自圓其

說，甚至自我欺瞞。《女收藏家》中就有人說：「我不相信經常思考的人」，這似乎也正是侯麥劇中人的批評。【六個道德故事】幾乎都圍繞著這個命題發展，到《慕德之夜》可算達到高度複雜的舖陳，也成為侯麥前期作品的代表典範。侯麥曾經針對MORALISTE 這個字作出解釋，他認為在法國這個字有別於英語的道德意涵，反之 MORALISTE 乃指那些對於人性內在熱衷於描述的人。瞭解此點，就不難發現侯麥可能是電影史上最擅長讓角色作出一大堆自我解釋的奇怪導演。他一方讓主人翁絮絮不休呢喃他的價值觀與道德堅持，更有趣的是也讓觀眾體認那種自我辯解的人性努力，而透過他的系列作品，我們彷彿感到那是法國文化中獨特的理性言說的習慣，如此發展下去，有時難免語言成了行動或不行動的藉口，理性成了扭曲真實並企圖加以合理化的強辭奪理。

於是侯麥的電影一向欠缺行動，它關心言說者的苦苦陳辭。故此語言囚禁了行動，意識形態遮蓋了現實，知性成了欺瞞，邏輯伸論夾纏著虛妄。侯麥觀察喧嘩的語言障礙，細聆人性生命中的言不由衷。這正是他影片獨到之處。

不過正由於他作品以言談為骨幹，行動欠奉，習慣好萊塢電影之觀眾難免不解其中趣味。表面上看，他的電影幾近樸素的形式，彷若無技巧可言，但細品之下，觀眾自會瞭解它在樸素的外表下隱隱透露著一份敏銳安排的策略：侯麥電影中的角色多為非專業演員擔綱，取其自然自在，即近生活。其言談自如，字字真切而不誇大。這是侯麥電影看似不刻意之處。但這種方式最易結構鬆散，索然無味。侯麥卻能從瑣碎平凡生活細節中煉出角色趣

味。主人翁的言談行動，甚至凝眸、輕瞅，都慢慢散發出微妙的人性張力。亞瑟潘在他的《夜行客》一片中，有句非常精彩而準確的描述，「看侯麥作品的經驗，就恰似靜靜地看著新刷的油漆慢慢變乾。」侯麥電影的細緻確實需要有點耐心而敏銳的觀眾。

另一方面來看，有相當多人誤解侯麥作品欠缺影像表現力，看太多王家衛、阿莫多瓦那種濃郁色彩感的觀眾，好比慣吃川菜的食客，忘記了江浙菜的清淡，侯麥相較之下無異更近乎自然。他與楚浮、李維特等人一樣有一雙慧眼，生就擅長取景。無論是早期電影的巴黎街弄，亦或後期影片中的郊野風情，甚或美麗的濱海景點，都瀰漫著自然不造作的故事場景。《綠光》中的奇蹟般夕陽綠照，多部電影的渡假海灘和郊外，像《女收藏家》、《沙灘上的寶蓮》、《雙姝奇遇》和《夏天的故事》、《秋天的故事》等，幾乎都可發現侯麥對場景氛圍、光影及純淨色彩的掌握。

當然，不少論者指出【六個道德故事】以男性為中心，其後的【喜劇與諺語】系列則翻轉為女性。到了【四季的故事】，則春秋、夏冬相互辯證。可算是相當一貫又逐步複雜化的創作生涯。聽起來他大部分作品題材相似，以簡御繁。又有點跟後期小津安二郎相近。其作品表現出那種客觀而寬容、幽默暗藏譏諷的老練和世故，在當代導演群中已鮮見如此成熟的華彩。顧盼現今法國影壇，新潮早退，老成凋謝，後浪在感性和視野上遠不如前代，大器晚成的侯麥恰似一抹綠光，奇蹟般映照著歐陸的電影穹蒼，瑰麗而教新一代驚艷！

編者註：黃建業，前電影資料館館長、資深影評人、曾任台北電影節、台北國際紀錄片雙年展副主席。

Eric Rohmer

尋訪侯麥的文法
從《夏天的故事》看侯麥的理論與實踐

藍祖蔚　文

　　侯麥的電影像散文，看似平淡平實，沒有大起大落的悲歡離合，只像是生活裡的一瞬，流年裡的一頁，但在他的影像結構背後，卻有紮實深厚的創作理念與肌理脈絡，不但一般人難以企及，即使效顰學步，亦不能接踵於后。

　　侯麥編過電影雜誌，寫過影評，雖說他最痛恨電影公關的宣傳造勢行動，甚至批判公關造勢是電影的病毒，只會壞了觀眾的期待和評論家的鑑賞，但是他還是曾經分別接受過《電影筆記》、《正片》和本書催生者黃慧鳳小姐的訪問，暢談他的創作理念，提供了一般人閱讀及理解侯麥電影的入門途徑，本文就以這三篇訪問資料為藍本，比對台灣 2002 年初夏在台灣映演的《夏天的故事》，從音樂和語言這兩個屬於聲音結構的電影技術層面，尋訪侯麥的電影創作文法。

音樂

　　對我而言，我的電影沒有配樂。我用很多現場音，我不想讓音樂破壞我的環境音⋯⋯對我來說，劇中人物唱歌的曲子，就是角色在電影中的動作，就像如果他會畫畫，或他做運動一般，屬於角色劇中演出的一部分。

　　　　—— 侯麥，2002 年 5 月 14 日，《自由時報》第 24 頁黃慧鳳專訪

甲、看譜

嬰兒期的電影都是默片，但是並不意味著電影是默片，音樂就不存在。

配樂的存在，多數都是後人在影像的攝製工程完成後才加配上去的。早期的默片映演開始，就非常注意音樂的運用。當時，音樂的發生有兩個目的，首先要壓制遮去放映機龐大的齒輪運轉噪音，其次則是用音樂來襯托或說明電影的內容與情緒。

音樂在電影中出現的方式，一直有正反兩種觀念在拉鋸，有的人認為音樂宛如翅膀，可以帶著電影起飛，音樂的魅力有如香水，一旦灑染就會滿室生香，讓人久久難忘；而且，基於整體行銷概念，電影加上了主題創作或關連音樂後，就會拉大電影行銷的操作空間與可能性。

不過，堅持寫實主義的創作者就認為畫面上如果沒有相關人物或音樂家在彈奏音樂，就不應該有音樂的聲響存在，音樂的存在只是因為劇情上正好有人在彈奏或演唱音樂，否則你就找不到電影出現音樂的理由，沒有道理來替電影加上音樂，此舉只會破壞了電影影像表現環境現實的聲響美學，一方面因為音樂可能干擾觀眾對於電影環境聲音對人物心態的衝擊認知與吸收，一方面也可能讓觀眾錯失了對白的趣味。更重要的是，只是為包裝電影而硬加上去的音樂，徒增市儈氣息，濃妝豔抹反而傷害了電影的本質。

侯麥的作品其實有很深濃的音樂性，他不用配樂，並不代表電影裡沒有音樂，而是音樂的存在和發生，就和劇情人物的存在一樣，要有合理性和必要性，音樂的出現動機，誠如侯麥所說

的：「角色在電影中的動作，屬於角色劇中演出的一部分。」

侯麥的電影樸素為尚，做為創作者，他只在劇本架構時提供了骨架，場面調度和鏡位取景也有他自己的觀點和要求，畫出大致的輪廓，但在其他方面，則是讓他所挑選的演員在最真實，最不雕琢的情況下自然長出血肉，完成電影的「人格」與「氣質」。

而且多數是順其自然——順著演員的天性，順著拍攝環境的條件限制，讓電影有著自己成長的空間、方位和磁場，那種隨著拍攝期間滋生的「自然」氣息，最是可貴，既讓電影保有紀錄人物原生面貌的力量，又能在一定的輪廓範圍內完成基因序列的隨意組合，讓人不時產生驚遇偶然的喜悅。

基於簡單真實樸素不雕琢的創作心態，侯麥電影中的音樂的發生也就因時因地而有不同，但是基本上它卻是一種有機生命體的概念：就是如果劇情裡不應該（或者是沒有理由）出現音樂的場景與時機，你就絕對聽不到音樂；反之，音樂就會充滿每一格膠片，但是那一切都以順勢而為的天成自然為原則，不是後來硬加上去的「配」樂。

侯麥《夏天的故事》裡，音樂出現的場景大致有下列八個劇情環節：

（一）男孩賈斯柏坐船時哼口哨（片頭）／賈斯柏哼著口哨騎著單車到聖馬盧。

（二）賈斯柏在房中彈吉他，開始創作的邊彈邊唱及錄音。

（三）賈斯柏在餐廳用餐時，月光咖啡廳的音樂背景聲。

（四）賈斯柏與瑪歌開車去尋訪教授時的車上吟唱。

（五）教授的現場教唱鹽礦工人之歌。

（六）賈斯柏跟到迪斯可舞廳時的背景樂聲。

（七）賈斯柏教會蘇蘭唱她的水手之歌。

（八）賈斯柏跟蘇蘭家人坐船出海，手風琴歡愉伴唱高歌。

其中，（三）和（六）都是環境中提供的音樂，反應劇中人物所處的位置環境，一個是咖啡館，一個是迪斯可舞廳，都是世人做娛樂消費時，就會順便消費音樂的空間。音樂的存在，在兩場戲中，具備了合理存在的條件基。

至於其他六個場景，則是以男主角賈斯柏本人為主體所引導發生的音樂事件，侯麥設定的人物身分是一位有音樂創作天份的數學系學生，他所找到的演員梅爾威波包德本身就會彈奏吉他，而且可以算是高手了，因為他曾經隨著樂團巡迴法國各地演出，換言之，不是他的音樂身分和專長，劇情條理就很難從他的身上發展得如此理直氣壯。

電影從賈斯柏背著吉他背袋走下船艙的開場畫面就已經突顯了他的音樂氣質，隨著情節開展之後的各項音樂事件，也就有了劇情和真實人生的雙重對話基礎。

正因為賈斯柏有音樂天分，所以劇情就會不時以伏筆形式突顯他對音樂的觀察與敏感，例如他在咖啡館裡用餐時相當沈默，默默地坐默默地吃默默地想，但是一直要到他坐上車和瑪歌出遊時，觀眾才知道他其實很用心在聽音樂，雖然他一點都不喜歡那個音樂，然後才帶出來原來他對居爾特民謠的偏好，也貼近了他利用暑假假期要為愛人寫一首情歌的劇情線索。

同樣的道理，賈斯柏在迪斯可舞廳裡，肢體透過耳朵聽聞的

音樂節拍產生了若干的肢體舞動反應，但是眼睛告訴他的卻是邀他去迪斯可的女伴瑪歌正和別人熱情擁舞，所以他選擇了獨坐一旁，此時卻又感受到另一位女生蘇蘭也在別人的臂彎裡盯看著他。迪斯可的音樂標示了環境中的音樂舞動特質，卻也對照出他在噪鬧環境中寧可獨處，也不與眾人同樂的孤僻性情。

從這裡來檢驗侯麥一九九六年接受法國「正片」（Positif）雜誌四月二十三日的訪問稿中所說的：「如果他（飾演賈斯柏的影星梅爾威）不會彈吉他，劇情就不會安排他做一位歌曲創作者，我不喜歡演員裝模做樣來做假，例如找替身來拍彈吉他畫面等等，梅爾威不只是會彈吉他而已，他還和他的哥哥組成了一隻樂團，拍片空檔經常巡迴法國演出呢，劇情中很重要的一部分就是建立在他這個人身上的。」

我們可以清楚理解，侯麥在選角過程中，其實已經將劇情需要和人格特質做過分析比較，知道如何將演員才藝與角色境遇結合一體，建構出合理可信的角色血肉。

所以侯麥在《夏天的故事》選角時，他就有了幾下幾項基本要求：

一、賈斯柏會彈吉他。

二、瑪歌和蘇蘭都要會唱歌。

三、教授會唱老式民謠。

四、叔叔及其友人會彈手風琴。

如果他所選中的角色無法勝任每個環節的音樂要求，戲劇力量肯定就會大打折扣，雖然教授和叔叔友人都是業餘的演員，他們的音樂演出也以即興成分為重，但是本身先符合會唱歌的條

件，才是他們受邀上陣的考量之一，也因此即使是不需要太多排練的即興演出，就有一股由內而生的自然力量。

而在專業演員的音樂演出上，侯麥並不要求專業水平，而是越自然越好，即使是賈斯柏還在摸索旋律的吉他彈奏技巧不是很純熟，瑪歌和蘇蘭的唱腔也略顯青澀，甚至還是一次唱得比一次熟練的演出，都因為不夠「專業」，反而有了自然天成的韻味，因為凡夫俗子本來就不能一看譜子就能琅琅上口，哼出樂章，正因為有荒腔走板的摸索與試錯，才是恰如其份的人生，也才符合非專業表現，讓演員本身的能耐在一定的戲劇時空壓力下所呈現的自然反應，也因為真實，所以更能突顯戲的感人力道。

乙、聆樂

「夏天的故事」講的就是一首歌曲的構想、執行，跡成完成時，卻亂彈收場。一個女人，一段旋律，獨奏成章，韻味獨具，合奏，卻成了亂彈。

一、序曲——單弦試撥

電影從男主角賈斯柏背著吉他琴袋走下船，找到他夏天的朋友住所展開，第一天的生活裡以他拿吉他出來試彈的樂音淡出，就在穿插第二天的字幕卡時，我們依稀可以聽見弦聲不墜，等到鏡頭開展，換過衣裳和姿勢的賈斯柏還在彈琴，但是曲調不明顯，一切都在摸索中。

這就是賈斯柏尋找靈感的源頭，他打算把歌獻給愛人，但是他和這位愛人的關係並不深濃，情有所屬，卻可以不約會，不寫

Contes des 4 Saisons

信，他們相約夏日見，卻不確定愛人何時才會出現，創作初期的曖昧與模糊也恰如其份地反應出主角的感情空乏狀態。

二、第一樂章——和弦萌生

瑪歌是位積極主動的女人，不是她主動上前搭訕，不是她主動邀約出遊，賈斯柏還是會呆坐家中，寂寞地去掃街，因爲他就是信仰「不試圖去改變命運，而是讓命運來改變」的保守被動人生觀。

不過，他們都是矜持之人，萍水相逢，也互有好感，卻也急著報告自己的情感誓言，不願輕易逾越了道德和尊嚴防線。因此，從她們的開車出遊，在車上唱起她們共同會的〈水手搖滾〉歌曲，音樂起了化學效應，兩人心有靈犀地一唱一和，拉近了兩人原本陌生的身體和心靈距離，再加上教授唱出挖礦工人的歌聲，點出民謠歌聲中經常信守「工人吟唱的歌聲和工作的節拍相合」的精神。

此時，蠢蠢吹動的歌曲創作律動也就被定位成與「主人翁心情節拍相合」的具體投射，回到家之後，賈斯柏的創作靈感開始浮現，開始打開錄音機錄下自己的旋律，開始用紙筆寫下他的音符曲譜，但是也因爲創作靈感分別來自遙遠的情人和當下的女友，兩股迷濛曖昧的情緒相互拉扯，開始引領他進入未成曲調先有情的心靈狀態。

三、第二樂章——曲樂既成

不過，賈斯柏和瑪歌的友情成分大過愛情，彼此只在言語上

有所試探，卻欠缺具體行動的激情動能，所以情歌的寫作一直要到瑪歌透露也暗示蘇蘭對他情有所鐘，兩人終於在沙灘相遇，並由蘇蘭帶他到家中坐，在情意激盪下，賈斯柏第一次發表了那首歌（而且是獻給才第二次見面的女朋友聽），能原本只存放在他心中和記憶裡的那首歌終於得能有了完整演出的處女秀。

琴弦撥弄之間，一唱一和之下，賈斯柏和蘇蘭的心情何等愉悅，情不自禁地就在沙發上擁吻起來。愛情的初體驗雖然被闖進家中的叔叔給破壞了，但是餘波盪漾的力道並未消散，依舊在海面上，在船艙甲板上發酵，手風琴和男聲的爽朗唱和，讓賈斯柏有了前所未見的意興風發。

可是，蘇蘭可以親，卻不可以近，連續兩次極私密的私下獨處與肉體碰觸，都在她不願第一次見面就上床的堅持下，讓賈斯柏敗興，蘇蘭那種理念不合不惜一拍兩散的決絕意志，讓賈斯柏只能尷尬對視，說不出心中點滴。他沒有改變命運，是命運開了他玩笑，那首因為蘇蘭現身而終於達到高潮的水手之歌，既是短暫夏日戀情的見證，又是嘲諷，既甘又苦。

四、第三樂章——琴聲已亂

於是，賈斯柏再回頭找瑪歌，卻引爆了他們之間最激烈的一次爭吵，瑪歌不願做賈斯柏的愛情與休閒旅遊替代品。情緒傾洩後，瑪歌以吻言和，但是賈斯柏清楚知道他們之間再無愛情的可能，卻是經過考驗的友情了。

然而，賈斯柏還想回頭找蘇蘭，卻在路邊巧遇他等待了一個夏天的女友蓮娜。乍相遇，有疏隔的歉意，卻也有刻意安撫的親

密，甚至還不經意地問了他一句：「你不是要寫歌給我嗎？」讓同樣有愧疚之心的賈斯柏驚惶失措，宛如情人撞見了他的不貞。

但是蓮娜對於賈斯柏永遠是個謎，他不明白爲何蓮娜那樣容易受親友影響？不明白蓮娜寧可陪別人出遊卻對他再度爽約？更不明白何以蓮娜要急切地吵著分手，甚至撂下：「再近一步，我就永遠不再見你！」的狠話。

那天，在沙灘上，賈斯柏頭髮亂了，心情更亂了，他嘗到了失戀的滋味，他只能向瑪歌傾訴，改邀瑪歌出遊，卻又遇上了懺悔的蓮娜，要再續舊情……千頭萬緒頓時湧上心頭，一通電話，一番心境，一副面貌，原本就優柔寡斷的賈斯柏幾乎都不認識自己，再也承受不住命運的試煉與戲弄了。

五、終曲——人散

賈斯柏做出他這個夏天最明快的決定，打工不打了，小島不去了，三段莫名的夏日戀情，他決定全都拋在腦後，他以最快的速度打包行李，坐上來時的渡輪，向一個夏天說再見，岸上的瑪歌含笑揮別，「水手之歌」成了賈斯柏這個夏天唯一的結晶了。

丙、擊節

水手之歌是賈斯柏的創作，卻也是在三個女人三段感情糾纏衝撞後的結晶，音樂隨著劇情成長，音樂也隨著劇情發展經歷了成長、茁壯到混亂的三部曲。從聽覺上，觀眾見證了音樂從無到有，從有到亂的過程；從視覺上，觀眾目擊了賈斯柏隨緣而安，可有可無的生命態度與感情結。

三個女人的影響更是有趣，蓮娜最先存在，卻最後出場；瑪歌催生了賈斯柏的夏季奇遇，卻也是最早將感情和友情定位清楚的女人；蘇蘭則像夏季的煙花，燦爛但是短暫，留下更多的唏噓和空虛。

　　一對一的時候，賈斯柏還能應對，接踵而來的時候，弦管齊鳴，卻不是和弦共鳴，而是失卻對位章法的亂彈，既已手忙腳亂，應付不來，越拖越是亂，緊急畫下休止符，就成為上策抉擇。賈斯柏的匆匆離去，就是讓指揮家放下指揮棒的休止符。

　　音樂和劇情的平行對話，互補又互生，構成了《夏天的故事》最紮實的敘事結構，音樂讓我們看到了侯麥的夏日雲彩。

說白

　　簡單說呢，電影是一種戲劇藝術，但是不應全從劇場上取材，它同樣也是一種文學藝術，不能完全靠劇本和對白來取勝，語言和影像的親密結合關係創造了一種純粹的電影風格。

—— 侯麥，1965 年 11 月號《電影筆記》訪問

　　《夏天的故事》的第一天，前五分卅五秒的劇情是完全沒有對話的。賈斯柏搭船來到小鎮，走進住家，走在海灘和街道，侯麥用影像傳達了他的外地人身分，以及他與環境疏離，不能相容也無意融入的個人性格。

　　但是從瑪歌的進入，對白成了電影結構最重要的動能催化劑，所有過去的記憶，所有未來的期待，都不是以當下人物互動

為主的影像世界能夠傳達的。觀眾只能從對白中去理解賈斯柏與瑪歌一而再，再而三的出遊、散步、談心等對話解開罩在他們身上的薄霧迷紗。

沒有瑪歌的點醒，蘇蘭只是迪斯可中一個凝神望著賈斯柏的女人，瑪歌的對白，滿足了賈斯柏的期待，也提供了劇情進展的關鍵環節，等到蘇蘭終於現身時，瑪歌的對白所洩露的軍情，所打造的等待氣氛已經在賈斯柏和觀眾心中凝聚了足夠的契盼能量，等待著觸電引爆的那一刻。

等待雖然甜美，失落卻是最後的果實，三位女人從話白中接受或洩露她們的心意、故事和情緒，再轉化成肉身行動來實踐話白所勾勒的心理情境，話白與肢體成為了不可分割，而且缺一不可的生命體。

事實上，沒有了話白，我們只能看到夏日炎炎，一直在山壁、海灘和街路上行走的男男女女，那只是生命存在的影像紀錄，他們的眉宇和肢體確實可以在攝影機的追隨跳拍，以及導演在剪輯機上的串連跳接，來傳達一定的情感，少了話白，那一切還都是模糊意境，要能清楚接受訊息，唯有透過話白。

唯有經由話白所透露的真實或謊言，我們才能進入角色的心靈和記憶，去感受他們的心情波動，去分享他們的青春印痕。

一切就像侯麥在三十七年前所說的：

影像的角色不是去指涉人事物的意義，而是去顯示其存在的狀態，語言才是用來指涉事物的最佳工具，如果你用影像去表達幾句話就可以說清楚的情境，那就是一種浪費。

—— 侯麥，1965 年 11 月號《電影筆記》訪問

其實，侯麥是位很古典的創作者。

這段夏天的故事，從七月十七日到八月五日，總共二十二天，他用了二十張時間字卡來說明時間的變化，來標誌情節的轉折，那是從默片時期電影人就開始採用的時空刻量標尺，清楚地跳接時空和劇情，也清楚地分隔出情境的變化，一種最古典的技法，不但無損於情緒的連貫，更可以完成最現代的時光編年定位。古典無寧就是侯麥最精髓的創作源泉。

我覺得其實電影都是一樣的。現在用的底片跟一百年前是相同的……。就導演工作來說，場面調度沒有太大變化。1920到1930期間比較有變化，但從1930年以後至今，幾乎都一樣了。唯一的差別是聲音品質的改良。

—— 侯麥，2002 年 5 月 14 日《自由時報》第 24 頁黃慧鳳專訪

編者註：藍祖蔚，資深媒體工作者及影評人。

從劇場出發的熱血老年
——四季裡的侯麥與我

鴻鴻 文

　　印象中大家常以為年輕的創作者叛逆、前衛、敢於衝撞，年老的藝術家則漸趨理性、保守、自我封閉。然而，創作雖與人生歷練有關，年齡或時代卻不見得是藝術膽識的保證書。就像四千多年前的米諾斯文明會出現與畢卡索並駕齊驅的抽象藝術，而年輕小朋友也不見得比今日的老祖父更大膽。重點不在年紀，而在有沒有一顆不帶成見地觀察事物的心。

　　葡萄牙導演奧里維拉（Manoel de Oliveira）已經九十三歲了，仍然每年拍一部電影，每一部都構思奇突，出人意表。熱愛劇場的他不但在作品中頻頻夾帶劇場元素，還認真拍過貝克特、克勞岱爾的實驗性劇場作品。他曾在金馬影展放映的《神曲》將古往今來的文學人物共聚在一所精神病院裡，讓他們互相衝突的觀念彼此交鋒；去年他交出的是一部融合紀錄、劇情、詩、劇場、與歌謠的《我童年的波爾多》。從個人的童年記憶出發，他再造了幼時看過的劇場表演、青年時參與的舞會，以亦真亦幻的手法對照波爾多這個葡萄牙港城的今昔，引起熱烈迴響。

　　從得到威尼斯金獅獎的《綠光》開始，台灣觀眾逐漸熟悉了另一位「青春永駐」的電影作者——今年八十二歲的侯麥。他不像奧里維拉那樣時時逾越成規，卻始終保持清新的氣息。這跟他的題材有關：影片主角永遠是青年男女，關注的也盡是戀愛情事。然而，這唱不完的情歌愛曲，卻處處洞見人世種種慾念、徬

徨、窺望、欺瞞之間的柳暗花明。侯麥的影像風格平易近人，擁戴者奉之爲寫實大師，也有人受不了他片中人物的喋喋不休，而斥爲沈悶、缺乏電影感。然而愛之者、惡之者都往往忽略了侯麥複雜的創作源頭：一方面他繼承十九世紀的法國愛情喜劇傳統，另一方面他也是一位希區考克專家（和夏布洛合著過一本重要研究），這些影響在他看似日常平淺的影片中斑斑可證，絕非「寫實」二字可以輕易了得。

　　侯麥最新的【四季的故事】系列近日要在院線放映，正是一個好機會可以釐清過往我們對侯麥的「錯愛」與「錯恨」。對侯麥的成見之一是，他的電影幾乎都以對白爲主，則影像豈不淪爲劇本的附庸？例如《夏天的故事》，全片大部分場景都是喜歡玩音樂的男主角，一逕在夏日的布列塔尼海灘上，跟先後相識的三個女孩漫步聊天。然而，言語並不代表侯麥電影的一切，甚至只是人物自我欺瞞的障眼法──主人翁到底愛誰，恐怕不只是觀眾猜不透而已。他對每一個女孩的訴情或推拒，都眞僞莫辯，並且是有意欺騙還是無助地三心二意，也十分可疑。事實上，「侯麥電影的主題，正是看與說、敘述與呈現間的交錯、衝突。」（註）然而，影像要如何才能擺脫言語的囚牢？侯麥自己指出：「不是如一般所相信的，把言語變得無關緊要，而是要把它變成騙人的工具。」爲凸顯這一關心，侯麥的「電影感」是建立在舉止、言談和沈默交替進行所鋪設的陷阱與質問上，迥異於時下流行節奏明快、影像具「侵略性」的誇炫風格。

　　一般對侯麥的第二個成見，便是侯麥的寫實主義。雖然人物絮絮叨叨著生活言語，一點也沒有古典劇場氣息，然而，侯麥電

影的情節巧設、情愛伎倆，卻直承劇作家繆塞、馬里沃（他的六部「喜劇與諺語」作品靈感就源自繆塞的同名系列劇作）。侯麥事實上是用寫實元素在架構（如果不說是「妝點」的話）寓言體，探索人人都可能面臨的道德難題之外，更在揭露這些真實表相的不可靠與曖昧難明、言人人殊；各人提出的解釋，只為滿足其潛在慾望而已。侯麥的風格，與其說「清澈」，不如說「遍佈假象」；與其說「寫實」，不如說在揭示真實的可疑。侯麥的層次，固非「人情練達」而已。

侯麥的樸素風格竟能後勁十足，抓住今日年輕觀眾的胃口，端賴他說故事的魅力。片中的凡夫俗子貼近你我。他揭露了人物內心深處唐·吉訶德與包法利夫人的那一面──我們都活在自己幻想的美好冒險與精神勝利中。嘲哂這種渺小與崇高間的巨大差距，侯麥的電影遂取得鬧劇和形而上學之間的微妙平衡。

我心儀侯麥已久，第一部電影《3橘之戀》就在兩個女孩家的牆上貼了《夏天的故事》海報，對照《3橘》男主角膠著在不同對象間的窘境。當《3橘》在柏克萊的藝術電影院上映時，片商還安排跟侯麥的《春天的故事》一道聯映，讓我竊喜不已。《人間喜劇》出國參展時，觀眾也每每問及侯麥的影響。對我來說，我的鏡頭語言與侯麥的樸素感大不相同，但整體架構卻受他啟發甚多，尤其是以現實元素架構人生寓言的創作概念上。坦白說，創作之初我就有意將《人間喜劇》拍成我的「四季故事」──雖然整部電影都在夏天拍攝，但故事本身的冷暖有別，以人生的四個不同情感階段來呼應時序：「鞋店的女孩」是懷春少女，「蟑螂的季節」是夏日情侶的熱戰，「颱風帶來了多少災害」

是離婚夫婦的蕭瑟秋夜，「不見不散」則是冬日的死亡與寬諒。全片的最後一個鏡頭沿著陽光下的綠樹升上天際，像是召喚著下一個春天。

　　不同階段的創作者對於人生體驗自有不同的滋味，我只希望到了侯麥甚至奧里維拉的年紀，仍能保有那樣大膽新鮮的心情，並且，也像他們一樣有每年拍一部電影的創作動力。

註：見《沒有故事的故事——侯麥的電影世界》帕斯卡·柏尼澤著，鄭淑文譯，1997年萬象出版。

編者註：鴻鴻，詩人，劇場及電影導演。

Contes des 4 Saisons

我去旅行了，冬天以後回來。

湯皇珍 文

　　侯麥電影中的女主角多半體態細瘦、文靜柔和，看來比較像是某種『感性』的典型。但是當她們一開口，便忍不住流露出侯麥人物在生活觀或個性上某種十足的「癖好」，可以說充滿辨證的意味，再加上十分的固執。

　　平凡的調子，移動，工作，吃飯，與朋友聊天，一如你我。甚至只是每日例行的小小散步，當她們（或他們）一旦開始啟動，或者被某一種「意外」觸發了自我的「癖好」，那麼，故事就會像展開一張地圖一般的綿延下去。

　　這當中滿佈著侯麥精選出來的人物性格、舉止、言談、體態以及腦部內層的思維、經驗、哲學觀。侯麥喜歡啟用非職業演員來擔綱主演，讓她們在長時間固定拍錄的鏡頭前表現出完全的自我，演員的真我；她（或他）是什麼？想什麼？會做什麼？這是一個經度。另一張緯度來自際遇，空間的交會。這些人物的未來，都會被置入一種在日常生活中彷彿「出軌」的彼此際遇之下來推移，然而，每一次決定右轉或直行、向東或向西、離開或碰面，在在關係著這些侯麥人物在他們性格底下所出現的反應。

　　這張地圖有趣的是：它不精準，人的詭異以及際遇的飄忽。

　　我們可能精確的漫步在巴黎的聖米歇大道，或者置身布列塔尼首府漢諾街上的咖啡座，深濃的香味，陽光的氣息，人聲的嘈切，身影的川流，侯麥是深諳此道的旅行行家。他來到每一個法國的所在，抓住它們落在文化以及人性上的魅力和生活感。這也

是法國文學的精華。寫出秋候急雨方歇，落在巴黎人行道上被黃昏車燈照亮的落葉；星期天正午，小貓溜過全在午歇的法屬阿爾及利亞的商店街；在侯麥的電影中我們來到法國的城市與鄉鎮。

《春天的故事》是發生在學校放春假的特別時刻。一位中學哲學教師——珍妮，總是「厭惡成爲他人生活空間中的介入者」，或者正是由於她對自我的空間秩序十分敏感。放假了，不願待在男朋友不在的混亂小公寓，而自己的住處偏偏又借給一再延遲搬走的表妹。她對表妹說：「喔，打擾了，我只是順道來拿些我的東西就走。」

珍妮有兩把鑰匙卻不知今晚何處可睡，應邀赴約卻不見主人出現；她在新朋友——娜塔莎，一個十八、九歲的天真女孩熱情的勸說之下，居然來到娜塔莎父親的房間過夜。當然，這個父親在第二天清早「意外提前」返家，撞見了幾乎裸身的珍妮，就像珍妮前一天在自己的住處突然撞見了「應該已經離開的表妹」的男朋友裸著上身。因爲不願打擾別人空間的「癖好」卻「意外」成爲十足的闖入者。

由於娜塔莎向珍妮傾吐對自己父親以及父親新女友的觀點，又再一次使珍妮「不知不覺」的成爲介入他人生活內涵的「第三者」。娜塔莎不喜歡父親結交的新女友，已經主觀的想法還夾雜糾纏著一條莫名其妙失蹤的珍貴家族項鍊——娜塔莎用來懷疑父親新女友的原罪。

繁花開得極盛，露水都弄濕了衣襟，除了娜塔莎的父親，所有人都說好｜那天不可能前去除草」的。這一天，居然大家都「意外同時出現」在這棟花園別墅。娜塔莎因爲抽煙的小事與父

親的女友大打出手，這位只比娜塔莎大幾歲的女孩憤而離開，本來等待與娜塔莎一同回市區的珍妮，終於好像在娜塔莎「突然有事離開」（或刻意安排）之下與娜塔莎的父親單獨滯留在郊區的房裡。

吃過晚飯，如大家所預料或者擔心的情況，倆人相談甚歡，珍妮逐步答應娜塔莎父親的三次要求，進而親吻。之後珍妮選擇起身離開，已經等得很晚了還是決定回巴黎？是珍妮不願落入「真正成為一個闖入者」？還是因為珍妮那個該死的「只能有三次請求」的哲學故事？娜塔莎的父親果真打破了珍妮心中「只因為你是娜塔莎父親」的禁忌嗎？或者這一切際遇只是娜塔莎的天真？珍妮真的只是「無意的」的捲入別人的關係當中嗎？

不論如何，當隔天早上珍妮確認可以回到自己的公寓，終於要離開娜塔莎父親的房間，收拾衣物時一不小心弄翻別人東西，一只由上掉下而飛開的鞋盒當中，咦，不正是到那條要命的項鍊嗎？

娜塔莎很高興誤會冰釋，而珍妮卻流下這幾日來的眼淚。

珍妮再回到自己的公寓時鬱金香已經落了一桌，春天就這樣過去了。

往往，人就是在「你與你的原則」徘徊的時刻，際遇就來敲門。無論是先前的【六個道德故事】或是現在的【四季的故事】，人的意志是渺茫又堅持的，侯麥的人物都在際遇的飄忽殘酷中歷經考驗而受苦才得以釋放，或者尋著侯麥心中的綠光——一種人與際遇交會應證最微妙的瞬間！

我去旅行了，冬天以後回來。

2002 / 05 / 25

四
季
的
故
事

編者註：湯皇珍，行動藝術家。

Contes des 4 Saisons

艾力・侯麥是
「對話導演」還是「默片導演」

彭怡平 文

　　艾力・侯麥，法國《電影筆記》雜誌 1957 年至 1963 年的主編，並曾為其他電影雜誌如《Les Temps Modernes》、《La Gazette du Cinema》、《La Revue du Cinéma》，藝術雜誌如《Arts》等撰寫多篇有關羅賽里尼、尚雷諾、溝口健二及希區考克（Alfred Hitchcock）的相關影評，侯麥曾出版《穆瑙的*浮士德*的空間構成》（L'Organisation de L'espace dans le *Faust* de Murnau）的博士論文，且自 1964 年開始從事教育及電台拍片工作。侯麥在當時是《電影筆記》編輯群裡最年長的一位，但也是第一位投身於電影製作（自 1950 年起），卻最晚受到影迷重視的電影作者。侯麥的電視電影作品多為製作費不高的小成本製作，但成績卻非常出色，在全世界電影界不景氣的今日，著實是注入一股清新而雋永的活力泉源。究竟侯麥電影的魅力為何？足以傾倒台灣、日本、歐美的不同文化背景的影迷呢？藉著訪問侯麥和談論他的作品《夏天的故事》的難得機會，我嘗試辨認侯麥的創作方式與思考型態，希望這不只是對侯麥作品的評論，而是一次真正與大師心靈的對話。

　　侯麥的談吐之間多半帶著他作品之中人物的特色——隨性與偶然佔據人生的極重點。往往人生的無奈感在於遊移於安定的生活與飄泊不定的永不休止的追尋生命意義之間。生命的本質無法完美地規範出絕對的條理，如同突如其來的天災或人禍是永恆

的，必要的：這種人生裡的「突然」，因為無法掌握，特別彰顯安定的表層下潛伏著危機四伏的可能。「突然」，在某些方面代表著生命本質的自由的可能，它同時是自古希臘以來戲劇創作的泉源。波蘭導演奇士勞斯基（Kizysztof Kieslowski）視「偶然」為肇始生命悲劇的主因。侯麥反而比較樂觀「偶然」所帶來人生轉變的可能。

　　侯麥認為在電影中只有不可聽聞的音樂，或自然的原始聲音存在，不干擾影片的本身。侯麥甚至反對電影音樂存在，並稱「音樂」為電影的「虛假的朋友」。因為電影中的音樂將打擾影片自身的聲音及影像的節奏，而且更進一步主宰影片的情感。侯麥根本上希望只看到無聲的默片，或電影中的音樂是生活的一部份，而非獨立於影片之外，如《夏天的故事》中梅爾維爾布波（Melvil Poupaud）飾演音樂家，有時演奏吉它或為葛維納艾勃西蒙（Gwenaelle Simon）伴唱演奏等。相反的，侯麥視繪畫、造型藝術為電影最「親密的姊妹」。在某些侯麥的作品中，可以直接看出畫面的構圖模仿某一時期的繪畫或某位畫家風格的繪畫，但是在《夏》片中，畫面本身仍然參考繪畫的構圖，通常水平線維持在畫面 1/3 或 2/3 位置，而且盡量保留風景、天空、峭壁的背景，讓人物有呼吸空間的餘地。侯麥極偏愛 1:33 的銀幕比例，但是在大部分戲院都以 1:66 銀幕為基準之下，侯麥的很多電影畫面都被上下壓縮左右伸展近乎喪失了他一直以來強調的「影像的自由空間」的可能。尤其《夏》片違反了侯麥許久以來一直以 1:33 為基準拍攝，而嘗試以 1:66 拍攝，在結果出來後，侯麥至今仍有些後悔當初的決定。

Contes des 4 Saisons

《夏》片中的色調以布列塔尼島沙石的「灰色」及海的「藍」為基色調，男性服飾則以灰、黑色為主色；女性則大部分身著以藍色系列為主的衣服，偶而穿插紅色系。通常侯麥自己事先決定演員的服裝，並且有時親自購買。

侯麥在《夏》片中甚至用布列塔尼島農民用來運貨物的傳統四輪車，於其上架好攝影機，再在布島海灘邊拍攝演員沿沙灘散步對話的場景，有時場景的距離長達十公里。這種克難的方式，使《夏》片拍攝經費節省不少，在效果上也有相當出乎意料之外的好。侯麥片中的演員經常是邊走邊說，而《夏》片中尤其如此，攝影機運動是侯麥作品至今最頻繁的一部。

《夏》片的創作方式也非常不同以往侯麥作品的創作方式。在劇本方面，完全沒有如《綠光》中即興創作的部分。完全是事先詳細地將劇本完成後，再由演員照劇本完整地演出，但演員的個性、職業、背景等細部描寫，則需要等合適該角的演員出現後，才能開始著手劇情的部分，如《夏》片中年輕音樂家一角，因為一直找不到合適人選，等候三年才開拍，剛開始時都大致只有大綱。而演員的聲音特色也非常重要。侯麥非常敏感說話的方式、聲音的腔調頻率等是否有「古典優雅」的特質？而不是現代感十足，平庸的俚語引起侯麥的興趣。《夏》片中四名主要人物四種迥異的聲調甚至地方口音的不同，使得此片有些對話聽來宛如音樂劇般動聽；而演員優雅的走位、姿態及依據演員與現場背景，而作的分鏡頭劇本，使得演員與佈景關係異常地合諧。觀賞侯麥的電影，宛如正在觀賞一齣芭蕾舞劇般，肢體的運作有著很大的自由。

一般而言，侯麥幾乎不用「演員指導」一辭，因為「指導」似乎有灌輸、強迫主觀成分存在，尤其不希望演員的演出成為「劇場」般抑揚頓挫的矯揉造作。但為了能充分掌握劇中人物的精神，會先試唸一遍劇本，若有不盡其意的地方，他將引導演員作適度的調整其演出方向。相對於一般導演所求的「內斂的演技」，侯麥則較偏愛外放活潑大膽的演出方式。

《夏》片的劇本創作時間是一氣呵成的，對話上務求真實。而侯麥劇本的創作方式沿襲二○年代德國的「室內劇」（Kammerspiel）的方式，即故事發生在所謂的兩個固定的場景之間。最代表的劇作家如卡萊馬雅（Karl Mayer）為穆瑙電影作品如《偽君子》（Tanuffe, 1926）、《日出》（Sunrise, 1927）、《最後一笑的人》（The Last Laugh, 1926）等最主要代表作的編劇。如後者作品中，主人翁穿梭於工作場所——豪華大旅館與寒酸的住家之間。侯麥電影的故事也同樣地發生在一個有限的空間與時間裏。如《夏》片背景集中在布列塔尼島的海灘，劇情時間則持續在一個月的假期。

侯麥在劇本創作時幾乎考慮了剪接時可能會發生的狀況，使此片的拍攝幾乎未曾出現多餘不用的場景的可能，所有的剪接都由侯麥與他的剪接師一起工作完成，而分鏡頭劇本也幾乎是剪接的劇本。

侯麥常被一些影評列為「對話導演」或「劇場導演」，因為侯麥片中的劇情推演完全依據演員對話的演出，然而侯麥堅持自己是屬於「默片導演」，因為所有侯麥的作品都可抽離聲效部分，而只配上劇情解釋的字幕卡，穿插於影像之間。此外，侯麥

認為默片若不輔以適當的劇情解說的字幕卡，對觀眾而言，甚至會造成解讀的障礙，如格里菲斯（D.W. Griffith）的《國家的誕生》（*The Birth of a Nation*, 1915）或穆瑙的默片時代的作品等。

侯麥的《夏》片一反往常地以「男性」為故事的中心，展現一個謎樣的人間關係，充滿著游移、不確定。隨性與偶發性時刻顛覆著假想中的預定目標。而侯麥的電影如同偵探小說般，引領人們探索迷宮的人性情感世界，而這個內在有情世界如同侯麥一貫的談話方式——沒有唯一可解的一成不變的方式。

艾力·侯麥是「對話導演」還是「默片導演」

編者註：彭怡平，作家，文化藝術工作者，巴黎第一大學電影視系博士候選人。

淺談侯麥及其電影

曹玉玲 文

　　許多人都曾經被侯麥的電影感動過，那份感動並不是因為侯麥電影的情節有多吸引人，也不是因為其表現的形式有多驚人。相反地，侯麥的電影向來極為樸實、簡單、自然，既沒有華麗的場景服裝，也沒有炫目的聲光特效，更沒有曲折離奇的複雜情節。但是，正是因為這份清麗脫俗的「極簡主義」（minimalism）及主角間理性感性兼備的哲學情感思辯，造就了侯麥電影獨有的魅力。於是，看侯麥電影，不再只是單純地享受一個虛擬的影像世界，反倒像是走入主角栩栩如生的真實生活，我們將驀然發現那份觀看的感動原來源自於導演對生命、人群生生不息的熱愛及歌頌。

　　艾力・侯麥出生於1920年法國東北部的安西省（Nancy），本名為 Jean-Marie Maurice Scherer，從小在一保守的天主教中產家庭中長大。關於他的成長及教育背景鮮為人知，只知道起先他的興趣在於文學，並曾經擔任中學文學老師，後來在四〇年代由於法國國家電影資料館（Cinémathèque Français）的成立，豐富而系統性的館藏才使得侯麥開始一頭栽進五彩繽紛的電影世界裡。

　　像其他多位法國新浪潮導演一樣，侯麥的電影生涯並非始於拍片，而是在著名的法國電影雜誌《電影筆記》中擔任影評人及編輯（1956-1963）。除了侯麥之外，楚浮、高達、夏布洛、李維特等都是當時《電影筆記》的健將。他們筆鋒犀利，深受創始者巴贊（Andre Bazin）「寫實主義」的影響，紛紛嚴詞抨擊當時過分

注重華麗辭藻、由文學作品改編的法國古裝歷史劇。他們主張「導演」，而非「編劇」，才應是主導整部電影的靈魂人物，並首先以「作者」（auteur）來尊稱數位美國大師導演，如希區考克、約翰福特、奧森威爾斯、卓別林等，認爲他們能在分工嚴密、由製作人掌控一切的片廠制度創造出具強烈個人色彩、風格統一的影片，實屬難能可貴，並認爲就像「編劇家」以「筆」寫作一樣，「導演」是以「攝影機」來創作，於是舉世聞名、影響電影研究甚鉅的《作者論》（auteurism）於焉誕生。其後侯麥與夏布洛於1957年合寫了一本研究希區考克的專書，之後又與楚浮合力編撰《卓別林》，開啓了後代學者以《作者論》研究電影的先河，貢獻卓越。

　　雖然身爲法國新浪潮的老大哥（侯麥較楚浮、高達年長十歲之多），侯麥的拍片生涯在剛開始時卻走得不甚順利。1959年當楚浮以《四百擊》驚艷影壇、次年高達以《斷了氣》一舉成名，兩人成爲「法國新浪潮運動」最受矚目的新星時，侯麥在1959年拍攝的第一部劇情長片《獅子印記》卻甚少引起注目。事實上侯麥早在1950年便開始拍攝短片，其中於1957年與高達合作的幾支短片《夏綠蒂和維若妮卡》（Charlotte and Veronique）還一度受到矚目，但是《獅子印記》商業和評論上的失敗卻使得侯麥不得不認眞思索他往後的電影生涯。侯麥領悟到如果今後他仍舊想繼續從事電影創作，低成本、小眾的藝術電影才是他在資金籌措困難下唯一可行的拍片方向。也因此，運用非專業演員、固定鏡頭、長拍（減少剪接次數）、戶外自然場景（省去棚內搭景花費），這些原意是爲了節省開銷的拍片模式，卻反而意外成爲侯

麥電影特有美學印記。

　　1962年到1972年間，侯麥在電視台工作之餘完成了他第一系列的拍片計畫：【六個道德故事】。這是由侯麥著作的同名劇本集所改編而成，六部片的故事主人翁都是男性，影片題旨則圍繞著友誼、愛情、道德等相關命題。起初頭兩部片《麵包店的女孩》（1962）及《蘇珊的愛情事業》（1963）還未引起太大注意，但是第三部《女收藏家》（1967）卻獲得空前商業及評論上的成功，緊接著第四部《慕德之夜》（1969）又同樣獲得好評，並榮獲當年奧斯卡最佳外語片和最佳原著劇本提名。此後連同第五、六部片《克萊兒之膝》（1970）及《午後之愛》（1972），侯麥不但已打開了國際知名度，也成爲法國最重要的作者導演之一。

　　初嘗成功滋味的侯麥接連拍了兩部大成本的歷史古裝劇《O候爵夫人》（1976）和《柏士浮》（1979），但都不甚成功，於是侯麥又轉回原初的小成本的製作模式。從1981年到1987年間，侯麥完成了他的第二系列電影【喜劇與諺語】：《飛行員之妻》（1981）、《好姻緣》（1982）、《沙灘上的寶琳》（1983）、《圓月映花都》（1984）、《綠光》（1986）、及《我女朋友的男朋友》（1987）。在這七年間，也是侯麥電影在國際上獲獎的巔峰。《圓月映花都》的女主角獲得威尼斯影展影后、《綠光》更榮獲威尼斯影展最佳影片金獅獎，侯麥電影此刻已成爲國際影展爭相邀請的對象，同時也是藝術電影觀眾的最愛。

　　【四季的故事】是侯麥最新一系列的作品，由四季春、夏、秋、冬爲不同拍攝的季節背景，衍生出四部充滿哲理但又極爲平易近人的輕喜劇。如同早年的電影風格一樣，四季中仍舊處處充

Contes des 4 Saisons

滿「侯麥式」清新雋永的對白、如詩如畫的自然景致，和如同真實人物般的角色設計。有評論家分析，和小津安二郎一樣，其實侯麥一生中都一直在拍相同的電影。的確，【四季的故事】探討的仍舊是侯麥向來最感興趣的男人與女人間對「友誼」和「愛情」的定義與曖昧關係、「性」與「愛」的道德界限，和主人翁對自我信念的堅持。其中《夏天的故事》無論在角色上或主題上都最接近早期的【六個道德故事】：兩者同樣都以「男性」為敘事主體、同樣都出現「日記式」的劇情結構，此外，故事都圍繞在這名男性徘徊抉擇於兩種類型女人的過程：其一是溫柔婉約、在精神思想上相契合的「朋友」；其二是熱情如火、在肉體性愛上具致命吸引力的「情人」。有趣的是，最後男主角皆因為「道德」力量或自我「理想」的驅使拒絕了後者的性愛誘惑。

　　除了男女間曖昧難以釐清的友情和愛情外，侯麥在【四季的故事】似乎更著墨於女人間既似母女、又像朋友間的情誼。《春天的故事》一心想替父親尋找再婚對象的娜塔莎和哲學女老師珍妮的關係便是如此；《秋天的故事》女主角瑪嘉莉和兒子的女友也產生了形同「母女」般的友誼。事實上，侯麥電影中的男主角幾乎只有一種特定類型：中產階級、自我、孤僻、博學，彷彿是侯麥自我的化身，但女主角卻千變萬化。在【喜劇與諺語】六部片中全都以女人為敘事主體、在【四季的故事】中有三部片也都以女人為重心，侯麥電影細膩地捕捉了女人時而柔情似水、時而敏感善變、時而誘惑動人的多種風貌，令人讚佩不已。

　　侯麥對其私生活向來極為低調神祕，也絕少接受媒體採訪，侯麥這個假名是由美國導演「Eric」von Stroheim 的名和小說家

Sax「Rohmer」的姓組合而成的。據說這是爲了不要讓保守的母親知道他的拍片生涯而做的選擇。侯麥對「夏天」和「沙灘」的迷戀是眾所皆知的，他的電影中不斷出現「海洋」、「沙灘」等場景，彷彿大海的「自由」意象反映了男主角在「道德信念」和「宗教法則」禁錮下身心解放的慾望，而這是否是侯麥自身的隱設？侯麥喜歡和固定的演員合作，《秋天的故事》飾演替好友瑪佳麗登徵婚廣告的依莎貝拉就是12年前《綠光》的女主角瑪莉‧賀菲耶爾（Marie Riviere），而當年在《克萊兒之膝》飾演青少年的女星碧翠絲侯蒙（Beatrice Romand）竟然在將近三十年後，被侯麥重新找來詮釋這位惹人憐愛的「酒孃寡婦」瑪嘉莉……侯麥電影看似對話冗長、缺乏戲劇張力，但總是在結尾令人驚喜，侯麥……，要談他的電影恐怕三天三夜令人難以歇筆。

侯麥的電影宛如萬紫千紅中一株優雅的白色百合花，盛開在四月的綠色原野間，自然散發出淡雅的一抹清香；又彷彿是一壺怡人香醇的紫色薰衣草，茶香甘甜適然沈澱於唇齒間。已屆八十高齡的侯麥至今仍持續不懈創作，這位當年最晚受到矚目的新浪潮導演如今卻是拍片壽命最長的一位。觀看侯麥電影會讓我們彷彿忘記攝影機的存在，一腳踏入影片角色的尋常生活中，無論在夜裡、在白天，侯麥的電影總能讓我們藉由觀看他人而檢視自己。

侯麥的電影也許稱不上偉大，但卻最貼近生活，而生活正是一切動力綿延不絕的源頭。

編者註：曹玉玲，影評人。

法國的情色，語言的慾望

給慧鳳的信
於費耶勒巴克
2002 年 5 月 6 日

親愛的慧鳳，

　　那天在餐廳裏，妳要我簡單地說說侯麥是個怎麼樣的法國導演，由於妳問地那樣客氣，也基于我對侯麥以及我對法國同等的熱愛，我很樂意回答妳的問題。簡而言之：對我來說，侯麥之所以是法國電影藝術家，是因爲他表達出法國人特有的天性，我指的是情色的天性。

　　若只用聊聊數語告訴妳就有些草率，容我多用些篇幅並舉例說明。我不知道中文怎麼說，不過在法文裏「faire l'amour」（做愛）有兩種不同的涵義，分別代表兩種事實，但兩者又不儘然完全相容並存。一種是古典、含蓄有禮的意思，「做愛」指的是「求愛」並不一定有動作；而另一種現代的「做愛」代表性行爲，而且僅限於此。到了廿世紀，這個詞的現代意思凌駕一切，不可動搖，省略了曲折迂回的前戲，而直接付諸行動。現今我們可能走到一個「做愛」將被「baiser」（上床），這個代表純粹動物性歡愉的動詞所取代的時代，後者表現地很明確，既是動詞也是名詞，詞裏沒有文字上的分解，也就是不具欲望與其實踐間的轉折，意即文化概念消失了。

　　慧鳳，妳一定跟我一樣注意到至少就現代意義來說，在侯麥的電影裏是沒有人做愛的，片中表現地純焠是古典意義；對我來說，這就是侯麥能同時表現其法國人情色天性的深度以及其挑逗

力量的原因。以做愛的古典意義來看：拋棄、思念、延遲、等待、解釋、抱怨、不安、希望、謊言、虛情假意、狡猾、算計、幻滅、屈就、鄙視、怨恨、報復、態度驟變、感激、揭密等等，哪一個不是愛裏面要受的折磨呢？然而，對侯麥來說，這樣的愛一直都伴隨兩種不變的因素：隨著語言發展關係更加深入，並且引發算計的潛力，很快地這都會瓦解。因為侯麥電影裏的人物都愛說話，也很快地產生慾望……可是他們想的是什麼呢？自然常常是誘惑他們的東西。言語先於他們的意念出現，將他們累得半死，讓他們以為自己的夢想會實現，然而通常他們都會受到艱難的考驗，讓他們失掉獵物，不過卻找回他們真正的目的。因為到最後，這個有著事實的慾望會允許慾望的實質發光。一道特別的綠光，一些些樂觀：這一點侯麥也是很法國的，因為他不喜歡悲慘的結局。

　　侯麥也是第一個將對話風格引進電影裏的法國電影藝術家。也就是話語的中間角色，即介於四、五○年代文學電影中的對話發展，有名的「法語特質」，以及現代的對話，自然主義對話的直接特質之間，意指一個句子中有著直接與修飾，就是字字斟酌然後句句推敲，不過帶著說話的生氣與自然，這就是侯麥的法國人天性。

　　親愛的慧鳳，你也知道全世界的女性雜誌都將法國人視為最佳情人……或許是因為我們的愛撫中仍有這樣古典的含蓄，而侯麥的這種語言之愛對我們來說有某種程度的女性化，使得在我們臂膀中的女子們找到這種等待以及遲來的歡愉，若不是如此，她們將無法享受其中，然後我們才得到我們的快樂。

　　法國 logos（指的是語言以及理性）是十分情色的：在分解的時候還記得連結，在分析的時候不忘說服，在思考的時候還會討好，在接受或是爲了別人之際，一定先分辨出性別，不論是好是壞，這樣令人讚嘆的性別分辨中人性是不會消失的。

　　除了證明我們法國人的天性，侯麥身上具備這所有的特質是十分讓人安心的；（這與「民族」之愛無關，可是妳已經知道，應該是像我們的語言以及文化普遍的特性）。即使是現代的威嚇不斷地讓我們遠離「做愛」的古典意義，這些都是抗拒我們情感「商品化」的作品。從台北到巴黎，世界的法則是企圖把所有不同的國家集合在一個以美國爲主的多國性企業之下；於此我們被迫接受快速、集中且無法讓人滿足的「making love」或是「having sex」，以致於我們都掉入無盡的消費漩渦當中。

　　看侯麥的電影就是反這種衝動：是花了時間卻不知道自己要的是什麼，然後希望自己什麼都不知道，簡而言之就是花時間去愛。就這點來看，我確定臺灣人會喜歡侯麥的四季，因爲你們是世上唯一建造高樓大廈但沒把先人巧思消毀的民族。

　　親愛的慧鳳，希望我已經回答了你的問題，且我將是你忠誠的侍者。

羅鴻賀特

周明佳翻譯

編者註：羅鴻賀特，評論家、劇作家、導演、前《電影筆記》總編輯。

l'EROTISME FRANÇAIS

Lettre à Phoebe Huang
Villiers-le-Bâcle, le 6 mai 2002

Ma chère Phoebe,

L'autre jour tu m'as demandé au restaurant de te dire en quelques mots en quoi Eric Rohmer est un cinéaste français ; et comme tu me fais galamment cette demande et que mon amour pour Eric Rohmer est égal à celui que je porte à mon pays, je te cede bien volontiers. Voici en quelques mots : Eric Rohmer est un cinéaste français parce qu'il exprime, selon moi, la nature particuliere du génie français, je veux parler de sa nature érotique.

Comme il est un peu brutal de te le dire en quelques mots seulement, permets-moi de faire un peu plus long et de prendre un exemple ; je ne sais ce qu'il en est en mandarin, mais dans la langue française l'expression "faire l'amour" recouvre deux sens et deux réalités qui ne se rencontrent pas toujours. Il y a le sens ancien, courtois, ou "faire l'amour" voulait dire "faire sa cour" sans impliquer nécessairement l'acte sexuel ; et il y a le sens moderne ou "faire l'amour" signifie l'acte sexuel et rien que lui. C'est au XXème siècle que le sens moderne s'est largement imposé, annulant les méandres de l'intention dans le gouffre de l'acte, comme ces fleuves qui doivent renoncer à la beauté paresseuse de leur cours pour finir en une brève cataracte. Nous en sommes aujourd'hui arrivés au point ou même le sens moderne de "faire l'amour" tend à être supplanté dans le langage courant par la

四
季
的
故
事

joyeuse bestialité du verbe "baiser", qui dit bien ce qu'il veut dire : verbe et substantif à la fois, il annule la decomposition du langage, c'est-à-dire l'articulation entre le désir et sa réalisation, c'est-à-dire l'idée même de culture.

Tu auras remarqué comme moi, chère Phoebe, qu'on ne fait pas l'amour dans les films d'Eric Rohmer, en tout cas pas au sens moderne ; on n'y fait exclusivement l'amour au sens ancien, et c'est à mon sens ce qui fait à la fois la profondeur de son génie français et son incroyable force de provocation.

Faire l'amour au sens ancien : abandon, manque, retard, attente, explication, plainte, émoi, espoir, mensonge, feinte, ruse, machination, désillusion, mésalliance, méprise, dépit, vengeance, retournement, reconnaissance, devoilement... De quels affres cet amour-là n'est-il pas fait ? Mais, chez Rohmer, cet amour s'accompagne toujours de deux constantes : la nature essentiellement langagière de sa progression, et la force de la machination qui le sous-tend, aussi prompte à se défaire qu'elle a été rapide à se mettre en branle. C'est parce que le personnage rohmérien est un être de langage qu'il se trouve si prompt à désirer... Désirer quoi ? Un leurre, bien souvent. Les mots le précèdent et l'épuisent, lui font croire à la réalité de son fantasme, qui généralement le met à rude épreuve, lui font rater sa cible, mais trouver son but. Car au finale, ce jeu du desir avec la vérité permet à la vérité du désir de rayonner, d'un rayon vert, discrètement optimiste : en cela aussi Rohmer est français qu'il n'aime pas les fins tragiques.

Rohmer est aussi le premier cinéaste français à avoir introduit le style de la conversation dans l'art du film, c'est-à-dire un statut intermédiaire de la parole, entre la phrase bien filée du cinéma littéraire des années 40 et 50, la fameuse "qualité française", et le dialogue contemporain, dont le naturalisme de "saut du lit" tire sa force d'une elliptique hébétude. Cette qualité de la conversation, qui met en balance la nature et la culture dans la même phrase, c'est-à-dire le mot choisi et la syntaxe composée, avec la vivacité et le naturel de l'énonciation, voilà ce qui fait le génie français d'Eric Rohmer.

Tu sais comme moi, chère Phoebe, que la presse féminine du monde entier célèbre les Français comme les meilleurs des amants... Peut-être est-ce parce que quelque chose de cette antique courtoisie demeure dans nos caresses, et que cet amour rohmérien du langage nous a en quelque sorte assez féminisés pour que les femmes entre nos bras trouvent l'accueil de cette part de retard et de délai, sans laquelle leur jouissance ne saurait s'epanouir, nous donnant par retour accès à la nôtre.

Le logos français (c'est-à-dire à la fois notre langage et notre rationalité) est profondément érotique en ce qu'il décompose sans oublier de lier, en ce qu'il analyse sans oublier de convaincre, en ce qu'il pense sans oublier de plaire, en ce qu'il est par et pour un autrui qu'il reconnaît d'abord dans la différence sexuelle, cet abîme merveilleux ou l'humanité n'a pas fini de se perdre, pour le meilleur et pour le pire.

Le fait qu'Eric Rohmer porte en lui toutes ces qualités, outre qu'elle atteste d'une permanence de notre génie national (qui n'a rien à voir avec un quelconque amour de la "race", mais bien plutôt, tu l'as compris, avec la postulation universelle de notre langue et de notre culture) est profondément rassurant : quelque soit l'intimidation contemporaine qui s'acharne à nous detourner de "faire l'amour" au sens ancien, il est des œuvres qui résistent à la "marchandisation" de nos sentiments. La loi du monde, de Taïpeh à Paris, voudrait faire ressembler nos pays aux diverses succursales d'une même firme multinationale, de préférence americaine, et nous imposer un "making love" ou "having sex" où le faire et l'avoir soient rapides, intenses et insatisfaisants, de telle sorte que nous soyons pris dans la spirale sans fin de la consommation.

Voir un film d'Eric Rohmer, c'est aller contre cet emballement : c'est prendre le temps de ne pas savoir ce qu'on veut, puis de vouloir ce qu'on ne sait pas, bref c'est prendre le temps d'aimer. Sur ce point, je suis sûr que les Taïwanais apprécieront les *Contes des Quatre Saisons*, car ton peuple est le seul au monde dont les gratte-ciels n'ont pas aboli l'ancestrale délicatesse.

J'espère, chère Phoebe, avoir répondu à ta question et reste ton fidèle serviteur.

Laurent Roth
Critique, scénariste, réalisateur.

79

L'EROTISME FRANCAIS

在許多次中國晚餐之後
侯麥的家族企業

雪美蓮 文
曹玉玲 譯

那天巴黎的午後天空一片灰濛。從市立大學（來自世界各地的學生都住在此，依照國籍而有各自獨棟的宿舍）到 Alma Marceau 要換地鐵線，這裡是巴黎最時髦高雅的一區，也是侯麥辦公室的所在地。雖然交通不易，但這件事還是得做。那是一段年輕的歲月時光，沒有任何事可以阻止我們。我們要拍一部電影，無論有多困難，我們就是要拍！我們是一群碩士生，由美國威斯康辛大學贊助，來巴黎當交換學生一年。

在巴黎待一年，這對大多數的學生而言簡直是個夢！到處可見的海明威盛宴……安娜依絲寧的日記……亨利米勒……美國前衛女作家葛楚史坦……記錄攝影家布拉塞（Brassai）筆下充滿遊民和妓院的巴黎，更別提《廣島之戀》……瑪格麗特莒哈絲……亞倫雷奈……《夏日之戀》……還有永遠的偶像珍妮摩露。總之，所有我在香港市中心大禮堂電影社所日以繼夜看的影片，以及羅卡和陸離熱切地在《香港中國學生週刊》所寫的相關文章在巴黎全都可以找到。

曾經，侯麥對我而言不過是個名字而已。不管是在香港或是蒙特羅，我們比較熟悉的是楚浮和高達，儘管侯麥的電影還是經常在蒙特羅最大的戲院「奧特蒙」放映。不過，當時我反而花了整夜看楚浮的回顧展，而我總是夢想有天能在巴黎和他一起工作。命運捉弄人，我在巴黎待的那段時間裡，從來沒能在楚浮生

前和他見面。

　　我們首先花兩個月的時間學法文（或者說重新學習）。老師在課堂上不斷地放高達《斷了氣》裡頭的對話，爲的是讓我們能學習巴黎的街頭用語，以及讓我們擺脫以往大學認爲法文總是文謅謅的印象，這是個讓我們盡快融入巴黎生活的好方式。

　　接著就是眞正的課程。符號學、理論分析，以及……大部分還是符號學。「製作的課在哪裡？」我們想要知道。例如，如何適切地列一部片的預算？於是我們決定去上侯麥每兩星期在巴黎大學靠近盧森堡公園教授的課程（侯麥至今仍在教）。坐在教室的最後排，我們用著很破的法文聆聽這位高瘦、白髮斑斑的老先生講課，談《柏士浮》、談棚內拍攝、談中古世紀音樂、還有談預算。

　　我們有自信會成功，因此決定退出交換學生的課程計畫而採取關鍵性的行動。我們要求退費並且把這些錢湊在一起拍電影，瑪格麗特莒哈絲的《印度之歌》就是這樣拍出來的。爲了把片拍成，列出可行適當的預算就成了一件重要的事。

　　於是這回到了那個灰冷的巴黎冬天，我走進侯麥的辦公室，用我爛爛的法文鼓起用勇氣說，我是侯麥的學生，眞的不想打擾他，但是我可不可以影印他在課堂上列的預算表回去研究？侯麥「菱形電影公司」（Les Films du Losange）會計主管的亞蜜拉，非常好心地要我留下我的電話號碼，說她會轉告侯麥這件事。通常這就會沒下文了，我心想。我氣餒地離開了辦公室。但是沒想到回到宿舍後，跟我住在同一樓層的女孩正在走廊講公共電話，看到我回來，她對電話那頭說：「不要掛斷，她來了。」然後她把

電話交給我。

「日安，我是侯麥。」略微沙啞的嗓音從電話那頭傳來。

於是我比想像中要快地回到了「菱形電影公司」。侯麥的辦公室就在一個三間房樓層的最後面一間。製作人瑪格麗特蒙娜古絲的辦公室則在旁邊。那天下午，我坐在侯麥對面的椅子上，不曉得該說什麼。幸好我糟糕的法文解救了我，因為侯麥認為我之所以這麼安靜是因為語文能力不佳。為了讓彼此不至太尷尬，侯麥提議泡茶，也許他認為所有像我一樣有著東方細長眼睛的訪客都是品茶專家吧。

在接下來的幾個月每天下午都到侯麥辦公室喝茶之後，我很快地變成了一個真正的品茶專家。當我首度將自己的性格想成是來自東方、神祕又安靜的女人時（其實我根本是個來自加拿大聒噪又沒有耐心的電影學生），我設法聽懂了侯麥講的一些話，而這些我僅懂得的簡短詞語竟然讓我覺得待在巴黎的這一年時光不是全然虛度：至少，我學到了製作……攝影機……燈光……演員……還有預算。

但是我這新建立起來的冷靜卻因一個人喧鬧地到來而被破壞了。他看來很聰明，長得有點像卡通人物，嘴裡大聲地講著我以為是我正要去掌握的語言。這個年輕人跟我握了手，不時打量著我，同時嘴裡滔滔不絕地吐出一連串像音樂般的話語。

我們當時正在準備《柏士浮》的前製作業，這個年輕人是法畢斯路奇尼，這段期間他說的不是別的，正是艱澀的中古法文，我那些在課堂上學的高達式街頭法文，這時真是再「好用」也不過了。

Contes des 4 Saisons

當《柏士浮》的拍攝告一段落之時，我也開始異常忙碌起來，因為我們這幾個少數的交換學生真的退出了課程來拍我的電影《絲之暗影》。我們用一種不太昂貴的機器剪接，而侯麥居然還前來剪接室探望我們。

雖然莒哈絲拍電影的方式跟侯麥很不一樣，但是侯麥卻很欣賞她的作品，並且經常在課堂上以她的電影舉例說明拍電影其實是可以不用花很多錢的，只要在技術和聲音的使用上多一點想像力，就可以拍一部不貴的電影。這是侯麥拍片哲學的關鍵：不昂貴的製作、最精簡的劇組、捨棄累贅的細節及多餘的小工具，這些通常不會真的對拍片有幫助，反而只是凸顯導演或製作人自我意識的東西。侯麥至今仍是法國新浪潮唯一的精神領袖，而這說明了為何他肯花時間來看學生剪接一部十六釐米的影片。

在嘗試第一次拍片之後，我得到了加拿大議會給的經費拍一部劇情長片《Justocoeur》。「這一次我們要試著拍有聲片」我想著。但是該怎麼讓法國演員講我的英文腳本呢？我同學安瑪婷，也是這部片的編劇之一，建議：「侯麥如何？你跟他喝了那麼多茶，難道不能請教他嗎？」「嗯……」我說：「把整個劇本翻成法文要花一些時間……」我敢問他嗎？我會做一些好吃的中國菜報答他的，我想著，而且這是一個讓我能擁有詞藻優美的法文腳本最經濟的方式。而侯麥呢？通常他在吃方面十分「忠於法國味」，後來竟也很喜歡我做的中國菜。

《柏士浮》是一部極簡和象徵主義電影最好的例子，但是在票房上卻不奏效。這是侯麥第一次拍攝大成本、和電視合製的電影，但是這對他而言也是個令人失望的經驗（在發行方面，而非

創意部份，因爲本片仍舊是他最喜歡的電影之一）。此後有好一段時間，侯麥似乎都不急著拍下一部片。

我的加拿大攝影師和「共犯」（對獨立製片電影上了癮的共犯）約翰克羅西，在一次拍廣告的機緣下和奈斯特阿曼卓斯熟識。奈斯特當侯麥的攝影師已經很久了，他才剛因爲《天堂之日》（Days of Heaven）榮獲一座奧斯卡金像獎，在《柏士浮》之前，他還拍了《女侯爵》。奈斯特也來到了我們拍攝《Justocoeur》的舞蹈教室，而且花了整個下午的時間看我們拖曳著有輪子的腳架以十六釐米拍攝這位非洲舞者。那眞是一段光榮顯赫的時光，專業人士忠於他們的電影根源，而且永遠對其他努力的藝術家懷有一份好奇之心。

在那之後沒多久，侯麥便決定要拍下一部片了。而好玩的是，那部片正是《飛行員之妻》，一部他想要用很快的時間、花很少的錢、以十六釐米拍的片子，也就是一部回歸到電影根源的影片。觀看我們拍《Justocoeur》是否影響了他的這個決定？誰知道？

一開始侯麥找不到適合的人來演「飛行員」這個角色，當時我正拍完 Justocoeur，我用了一個演員叫馬修卡希耶，他非常受到雪朗道夫（在他的《年輕的托萊斯》）和瑪格麗特莒哈絲（《印度之歌》和其他片）的喜愛。於是侯麥用了他當飛行員，而我很快樂地和我的助理剪接和同學尼爾演了電影的其中一小段（原本劇本寫的是一個日本觀光客，後來爲了配合我，改成是一個加拿大魁北克裔的中國人）。和往常一樣用自己人，這就是侯麥的「家族企業」。

Contes des 4 Saisons

　　侯麥知道我在拍了兩部獨立製片後財物上已經捉襟見肘，於是他主動問我是否願意當他《飛行員之妻》剪接師莎席樂德古希的助理。毫無疑問地我會感到十分榮幸，如果他們允許我和他們待在同一房間內的話，我一定會很樂意看他和莎席樂一起工作，更別說他們還會付我薪水，再好不過了！我當然願意！曾經剪過高達《斷了氣》的莎席樂對她的年輕助理很嚴厲向來是出了名的，不過就連侯麥都很訝異，她對我非常好，而且我們很快就成了朋友。

　　後來侯麥對我傾訴說他心中有個小樂譜，是關於一個在巴黎十分孤獨的男人的一首歌，他想以這個曲調做為主題音樂。但是該怎麼辦呢？他不認為一個專業的音樂家會對改編他這個小曲調太有興趣……這真的不是一件太專業的事。於是我馬上毛遂自薦，表示自己以前在香港曾學鋼琴多年。於是在一個安靜的午後，我們就在侯麥那個陳設簡單又安靜的家中，一起坐在鋼琴前寫曲，Paris m'a seduit，就成了《飛行員之妻》的主題音樂，由阿希愛拉東巴絲樂演唱。這又是一次「家族企業」合作的例子。

　　許多年以後，當我在法國南部住了八年、完全和電影世界隔絕之後，我又回到了中斷許久的巴黎生活。侯麥又立刻前來拯救我，雇用我做他《冬天的故事》的剪接師。在我離開的這些年，他和一位非常有才華的音樂家一起工作，名叫尚路易瓦雷侯，他也是我離開巴黎前的一位好友。但是現在，我有了三個孩子而且還要負責撫養他們，我想，「尚路易應該會原諒我這短暫的背叛吧」。於是我主動向侯麥提出要幫他做音樂。當然侯麥很高興，因為這次他又跟以前一樣在心中先有了一段小曲調。他想要一種

在許多次中國晚餐之後

「遁走曲」的感覺，我立刻趕到最近的一家音樂圖書館去借了一些音樂，好作他想要的「遁走曲」，不管是哪一種！

《冬天的故事》的主題音樂於焉誕生。侯麥很高興，於是他提議我們一起用個假名，塞巴斯汀爾姆斯（Sebastien Erms），其中的姓 Erms 是用我倆姓名的第一個字母組合而成的（Eric + Rohmer + Mary + Stephen）。這主題音樂之後是在一個朋友家中，用他那台很大的鋼琴彈奏，隨後錄下來的，沒有熱鬧華麗的鼓號曲，誰說做電影音樂要花很多錢？

後來在侯麥兩部片拍攝的過度期，當我在《時尚》雜誌當總編助理時，我提議要寫一篇關於約翰庫博（John Kobal）的文章，他才剛過世，生前以蒐集電影明星照片聞名。我們決定請世界上最頂尖的攝影師寫文章，於是我打了電話給住在紐約的奈斯特請他貢獻一篇。自從成了好萊塢最優秀的攝影師之一後，奈斯特就一直住在紐約。他答應我要寫，但是幾個星期過後，在另一個冬日的午後，我接到了一通來自紐約的電話，話筒那頭的聲音非常沙啞，是奈斯特。他對我解釋他病得很嚴重，因此沒能寫那篇文章，他真的十分抱歉。

一個星期後，我從收音機的消息得知奈斯特阿曼卓斯過世了。當我趕到侯麥的辦公室時，他正在為巴黎的一家報紙寫一篇頌詞，紀念這位他多年的老友和工作夥伴。因為某些因素，一位電影界的攝影大師殞落了，我甚至還來不及認識他多一些。不知怎地，我覺得屬於這「家族企業」的一分子已經消失了。

這就是侯麥富創造性的「家族企業」的故事，而我感到非常榮幸身為其中的一份子。甚至到今天，當我要拍電影時，我都會

想到預算、預算、預算。要助理幹什麼呢？只不過是又多一張嘴吃飯而已……我可以和其他的工作人員一起做就好：我們全都是助理，我的工作人員必須要很努力地工作，但是我會做一頓美味可口的中國晚餐來回報他們！

　　然後……然後……然後……

MANY CHINESE DINNERS LATER
FAMILY BUSINESS WITH ERIC ROHMER

By Mary Stephen

It was a grey afternoon in Paris. From the Cit / Universitaire (residence for students from all over the world with a pavilion for each nationality), it was a change underground lines to get to Alma Marceau, the chic area of Paris, where Eric Rohmer had his office. But it had to be done. This was the young days, the gung ho hours, the time when nothing could stop us. We had a movie to make, and however difficult, we had to make it ! We were a bunch of students enrolled in a Master's programme in University of Wisconsin sponsored year of exchange in Paris.

Paris for a year ! A dream for most students... The moveable Feast of Hemingway... the diaries lf Anaos Paris : the urinals, the brothels. Not to mention of course Hiroshima Mon Amour... Marguerite Duras ... Alain Resnais... Jules and Jim... the divine Jeanne (Moreau). In short, all the residue of long days and evenings hanging around the Cine Club shows at the Hong Kong City Hall, and the fervent following articles of LoKar（羅卡）and Lok Lei （陸離）in the Hong Kong Chinese Students' Weekly.

Eric Ronmer was a mere name to me. Form Hong Kong to Montreal, we were more familiar with Francois Truffaut and Jean-Luc Godard. Although his films were constantly played at the largest repertoire cinema, the Outremont, in Montreal, I spent my time in all-night Truffaut's retrospective instead. And I dreamed of working with him someday in Paris. Fate has a way of making silly pity out of us. For as it were, during all the time I lived in Paris, I had never managed to meet Truffaut before his death.

We first spent two months learning (and re-learning) French in the American Master's programme. We were played again and again the soundtrack from Godard's Breathless in order to learn the street French and get rid of our proper university notions of this language. A way to get us armed for life in Paris...

Then came the real course. Semiology, theory, analysis, and mostly, semiology. "Where's the production ? " we wanted to know How can we make a proper film budget, for example ? Once every fortnight, Eric Rohmer gave (and still gives) a course at the Paris University near the Luxembourg Gardens. We decided to affend.

Sitting at the very back of the class, with our half unlearned and not yet re-learned French, we listened to the tall, thin, grey-haired man talking into the air, about Perceval, and medieval music, and... budget.

Confident that we had all the odds on our side, we decided to pull out of the programme and take the plunge. We asked to be reimbursed for the fees and pooled it together to make a film, fashioned after Marguerite Duras' India Song. And to do this, we needed to draw up a proper budget.

Which come back to this grey winter's day in Paris, going to Eric Rohmer's office, putting on a brave face and saying, in bad French, that I was his student and that I didn't want to bother Mr. Rohmer, but could I have a photocopy of the budget he was talking about in class so that we could study it ? Amira, the chief account of LesFilms du Losange, told me nicely to leave my phone number and that she would tell Mr. Rohmer the message. The usual brush off, I thought. I left disheartened. Getting back to my room at the Canadian House in the Cit / Universitaire, a girl on the same floor was on the communal phone in the hallway. Seeing my arrival, she said "Ne quittez pas elle arrive," and handed the phone to me.

"Bonjour, ici Eric Rohmer, "said the slightly hoarsed voice on the other side.

The trip seemed much faster as turned around and made my way back to Les Films du Losange. Rohmer occupied a small office at the end of the three-room outfit. Margaret Menegoz, the producer for the production company occupied the office just nest door. That afternoon, I was sitting in a chair opposite to Eric Rohmer, not knowing what to say. My bad French saved me as he assumed that my silence was because of the lack of mastery of the French language. To fill up the space in between, he proposed to make tea, assuming that all visitors with my shape of eyes was a tea expert.

Soon I became a real tea expert, having drunk tea in his office every afternoon for the next few months. As I assumed for the first time the persona of the quiet mysterious young woman from the East (rather than the tongue-tied impatient film student from Canada that I actually was), I managed to catch a few phrases. And the few words I understood made me feel that my year in Paris was not a total waste: productoin... camera... lights... actors... and even budget.

Contes des 4 Saisons

But my new founded calm was soon shattered by the boisterous arrival of a bright and animated young man... loudly producing lines in the language that l thought l was on my way to master. The young man shook may hand, looked at me from time to time while a stream of musical words came without interruption out of his mouth.

We were in the middle of pre-production of Perceval. The young man was Fabrice Luchini, and he was speaking nothing but medieval French during this period. Much good did the studying of Godard's street French to me !

As the production of Perceval was coming to an end, I was also extremely busy, because the few of us youngsters at the American programme did drop out and we made my film Shade of Silk. We were editing at an unexpensive outfit and Eric came to have a look at the film on the editing table.

Although Duras' type of filmmaking was very dissimilar to Eric's, he appreciated her films and constantly quoted them in his class as an example of how cinema did not have to be expensive, and that imaginative use of technique and sound could be used to make an inexpensive film. This was the key to Eric's philosophy of filmmaking: inexpensive production, a minimum crew, and the doing away of superfluous details and gadgets which would more often than not serve only to boost he director's or the producer's ego. He was and still is the only persona of the New Wave spirit, which explains why he would spare time to look at a 16mm film on an editing table by a student.

After this first try, I received a Canada Council grant to make a feature Justocoeur. "This time, we will try direct sound, "I thought. But how to get the French actors to mouth my English dialogues ? Ann Martin, my fellow student and co-writer, suggested, "Hmmm... " I said, "To translate the whole script into French will take some time..." Dare I ask him ? I'll make some nice Chinese meals in return, I thought, a very economical way of procuring beautifully written French dialogues for my film. And it worked ! Eric, who was usually very French in the taste for food, loved my Chinese cooking.

Perceval was a brilliant exercise in minimalist and symbolist cinema, but it didn't work at the box office. It was the first time he worked with a fairly large budget and television co-production, but it was also a disappointing experience for Eric (in terms of distribution, not in terms of creativity, for it remains one of his favourite films).

For a while after that, he didn't seem to be in a hurry to make another film.

John Cressey, my Canadian cameraman and partner in crime (the addictive crime of independent filmmaking) also made the acquaintance of Nestor Almendros during a commercial shoot. Nestor had been Eric Rohmer's lighting cameraman for years. He had just won an Oscar for Days of Heaven and shoot the beautiful Marquise of O... before Perceval. Nestor also came to the dance studio where we were shooting Justocoeur, and spend an afternoon watching us tugging and pulling the dolly filming the Africam dancer in 16mm. This was indeed a privileged time, with established professional faithful to their (cinematographic) roots and being as curious as ever to other creative endhavours.

Soon after, Eric decided to get back to making another film. And funny enough, it was The Aviator's Wife which he wanted to make very quickly, very inexpensively, and in 16mm. A back-to-the-roots work. Whether seeing us shoot Justocoeur had influenced his choice, who knows ?

He had trouble in finding an actor to play the "aviator". I had just finished justocoeur at the time, with an actor much loved by Schlondorff (in his Young Toerless) and Margueritd Duras (India Song and others), Mathieu Carriere. He became the aviator and I had a lot of fun playing a cameo scene (written in the script for a Japanese tourist and changed to a "Quebecois-Chinese" for the occasion) with my assistant editor and fellow student Neil. As usual it was a family enterprise.

Since Eric knew that my finances were dire after making two independent films, he asked if I would work on The Aviator's Wife as his editor Cecile Degucis' assistant. There was no question of pride involved, I would nave been perfectly happy to watch him and Cecile work, if they would allow me in the same room. And to be paid for it, on top of that ! Of course I would ! Cecile who edited Godard's Breathless had a reputation of being very tough on her young assistants. To Eric's astonishment, she was very kind to me and we became friends quickly.

Then Eric confided that he had this little tune in mind, a little song about a young man being very lonely in Paris, as theme music. But what to do ? He didn't think that a professional musician would be too thrilled to adapt his little tune-it wasn't really a professional thing. I immediately offered what l knew from my many years of force-fed piano lessons in Hong Kong. One afternoon on the piano of his modest and quiet home, we worked on the arrangement of Paris m's seduit, the theme of The Aviator's Wife, which was them sung by Arielle Dombasle. Again a family business.

Many years later, I returned to Parisian life after a hiatus of eight years in the South of France, completely cut off from the world of cinema. Eric acme to rescue immediately again and hired me to work on the editing of A Winter's Tale. During the years I had been away, he had worked with a very talented musician called JeanLouis Valero, who was also a very good friend before I left Paris. But now, with three children and the responsibility of providing them, I tought, "Jean-Louis will forgive me for this temporary betrayal" and I proposed to Eric to write up a theme for him. Of course, Eric was thrilled because he had again the start of a little tune in mind. He wanted a sort of fugue. I rushed to the nearest Music Conservatory to borrow a sheet music for a fugue, any fugue !

The theme for A Winter's Tale was born. Thrilled, Eric proposed that we adopt a pseudonym together, Sebastien Erms, using the initials of both our manes. The theme was then recorded, one afternoon, without any fanfare, in the home of a friend who had a grand piano. And who says film music costs so much ?

Later between two of Eric's films, while working at Vogue

magazine as the editor-in-chief assistant, I proposed an article on the photo collection of films stars of John Kobal, who had just died. We decided to commission an article on the world's leading lighting cameramen. And to write about John Kobal, I called Nestor in New York, where he lived since becoming one of Hollywood's best cinematographers, to contribute. He promised to collaborate, but several weeks later, another winter's afternoon, I got a call at my office with a very hoarse voice at the other end, from New York, Nestor. He explained that he was ill and that he was terribly sorry not to be able to write the article.

A week later, I heard on the radio that Nestor Almendros had passed away. As I hurried to Eric's office, he was writing an eulogy for a Parisian newspaper for his old friend and collaborator. For some reason, a light had gone out; not having known Nestor very well, I nevertheless felt like a part of the family had disappeared.

Such was, and still is, the creative family of Eric Rohmer, in which I felt very privileged to belong. And still today, when I make a film, I think budget, budget, budget. And what's the use of an assistant ? Just another mouth to feed... I can do it myself with the rest of the crew: we'll all be the assistant. They'll have to work harder but I will make a nice Chinese dinner for the crew in return !

...

And... And... And...

四季的故事劇本精選

Conte de Printemps | 春

CONTE DE PRINTEMPS

sorti le 4 avril 1990

duree : 1h52

Jeanne	ANNE TESSEYDRE
Natacha	FLORENCE DAREL
Igor	HUGUES QUESTER
Eve	ELOISE BENNETT
Gaelle	SOPHIE ROBIN

1.

NATACHA : Vous pouviez avoir des tas de raisons de venir. Par exemple, avoir envie de rencontrer quelqu'un d'autre que Corinne, qui lui non plus n'est pas là, mais qui viendra peut-être, très tard.

JEANNE : Ce serait tout à fait possible, mais ce n'est pas ça du tout. la situation est beaucoup moins romanesque. En fait, elle l'est peut-etre plus, parce qu'elle est complètement absurde. En sorte que si quelqu'un avait mis l'anneau de Gygès...

NATACHA : L'anneau ? ...

JEANNE : De Gygès. C'est dans Platon. Un anneau qui rend invisible. Bon, bref, si quelqu'un avait pu, depuis la fin de cet après-midi, être témoin, sans être vu, de tous mes faits et gestes–et paroles–le sens de la situation lui aurait totalement

Conte de Printemps

珍妮的男友馬修出差了，陪伴珍妮的是借住在家裡的表妹吉兒，只是行蹤不定。

在一個聚會裡，珍妮與娜塔莎因為無聊而互相攀談起來，沒想到卻成為無話不談的好友。看著完美的珍妮，娜塔莎想起父親伊果身邊不相稱的女友伊芙，屢次阻撓不成，索性想辦法換掉她，讓珍妮與自己父親共組和諧的家庭。娜塔莎開始認真的想辦法撮合這對理想組合。

原來春天，蠢蠢欲動不只是樹梢上的嫩芽跟鮮花，還有被挑動的慾望心靈。只是安排妥當的約會，總是多了伊芙一個人，一切彷彿要搞砸了，卻又像是有轉機……。

明媚的春光，在時間的流逝中淡淡的度過了；而這場太多偶然的愛情，靜靜的划過心頭，不著痕跡，但似乎也輕輕的呵了愛情一個癢。

選錄 1　珍妮和娜塔莎相識於柯琳的派對

娜塔莎：妳來的原因也許很多。也許妳另外想見某個人，雖然他也不在，但可能很晚才會來。

珍妮：當然可能，但並非如此。事情沒有這麼浪漫。其實也可以說是更浪漫，因為實在太荒謬了，要是有人戴上古阿斯的戒指……

娜塔莎：什麼戒指？

珍妮：古阿斯的戒指。柏拉圖寫的。一個能讓人隱身的戒指。總之，要是有人從今天下午開始，就隱身觀察我的一舉一動和言談，他一定完全弄不清整個情況的內涵……如果其中有什麼內涵的話。因為我所看到的內涵太幼稚了。

échappé... A supposer qu'elle en ait un. Car celui que je lui vois est complètement puéril.

NATACHA : Qu'est-ce que c'est ?

JEANNE : C'est sans intérêt.

NATACHA : Dites quand même !

JEANNE : C'est sans intérêt, vous dis-je. Disons que je ne m'ennuie jamais. Même si je ne fais rien. ma pensée suffit amplement à m'occuper. Or, ce soir, je suis retombée dans une espèce d'impatience enfantine qui fait qu'elle n'a le goût de se porter sur rien.

NATACHA : Alors, vous attendez quelque chose ?

JEANNE : Non, je n'attends rien, ni personne. Même pas Corinne, je vous ai dit. J'attends que le temps passe. J'attends que la nuit cesse et que le soleil se lève.

NATACHA : Vous êtes insomniaque ?

JEANNE : Pas le moins du monde, et même, avant de vous parler, je réprimais une assez forte envie de dormir.

NATACHA : Alors, dormez.

2.

NATACHA : ... Et toi, qu'est-ce que tu fais ?

JEANNE : Je suis prof, dans un lycée.

NATACHA : Prof de quoi ?

JEANNE : De philo.

NATACHA : Prof de philo ? Je m'en serais doutée.

JEANNE : Ah bon ! On me dit le contraire en général.

Conte de Printemps

娜塔莎：妳看到什麼？

珍妮：沒什麼。

娜塔莎：說說看嘛！

珍妮：真的沒什麼。就說我從來不會無聊好了。即使我無所事
　　　事，腦子裡還是忙碌得很。但是今晚我又再度陷入一種幼
　　　稚的不耐，完全無法集中精神。

娜塔莎：這麼說妳在期待些什麼囉？

珍妮：沒有，我不期待什麼，也不期待誰。柯琳也不例外，我說
　　　過的。我等著時間過去。我等著夜晚結束，太陽升起。

娜塔莎：妳失眠嗎？

珍妮：才不是，剛才跟妳說話之前，我還極力強忍著睡意呢。

娜塔莎：那就睡呀。

選錄 2　　珍妮和娜塔莎進一步了解到對方的個性

娜塔莎：……妳從事什麼工作？

珍妮：我是高中老師。

娜塔莎：教什麼？

珍妮：哲學。

娜塔莎：哲學老師？我猜也是。

珍妮：真的！很多人都說不像。

NATACHA : Oui, à te voir. Encore que toutes les profs ne soient pas nécessairement moches. C'est plutôt à ta façon de t'exprimer.

JEANNE : Tu me trouves pédante ?

NATACHA : Non pas du tout.

JEANNE : Alors, je m'exprime comment ?

NATACHA : Très simplement. Mais, avec aisance, surtout quand il s'agit des choses de la pensée. Tu parles beaucoup de ta pensée. On dirait que c'est ça, au fond, qui t'intéresse.

JEANNE : Ça et autre chose ! Mais tu as raison : je pense beaucoup à ma pensée. Peut-être trop, mais ça n'a rien à voir avec le fait que j'enseigne la philo, enfin je ne sais pas...

NATACHA : Mon père est un peu comme ça, bien qu'il ne soit pas philosophe. Il a un boulot moitié artistique, moitié administrative, au ministère de la Culture. Mais il a une tendance à généraliser, à théoriser, que tu n'as pas, j'ai l'impression.

3.

NATACHA : Pour l'instant, ça a beaucoup de charme, parce que l'herbe n'est pas très haute, mais si on en s'en occupe pas d'ici juin, ça deviendra une vraie forêt vierge. Le plus urgent est de repeindre la tonnelle qui est en train de rouiller. J'aime beaucoup cette partie-là du jardin. C'est ma préférée, évidemment c'est celle que maman n'aimait pas. Elle voulait faire couper les arbres... Pourquoi ris-tu ?

JEANNE : Je constate que tu me parles jamais de ta mère. Ou alors c'est pour la critiquer.

Conte de Printemps

娜塔莎：那是因為妳的外表……雖然也不是每個老師都長得很
　　　　醜。不過妳的談吐很像。

珍妮：我很學究氣嗎？

娜塔莎：不會呀。

珍妮：那麼我的談吐怎麼樣呢？

娜塔莎：很簡單，可是也很自然，尤其是談到思想方面的問題。
　　　　妳常常提到妳的思想。好像妳對這個最感興趣。

珍妮：也還有其他的東西！不過妳說得對：我經常想到我的思
　　　想，甚至是太常了，不過這和我教哲學毫無關係，我也不
　　　知道……

娜塔莎：我父親和妳有點像，雖然他不懂哲學。他在文化局，是
　　　　一份半藝術、半行政性質的工作。可是他常常以偏概全、
　　　　滿口理論，我覺得妳就不會。

選錄 3　　娜塔莎邀請珍妮一起去父親伊果在鄉下的房子

娜塔莎：現在看起來很美，因為草還沒有長太高，但要是到六月
　　　　還不整理，就會變成一片原始林了。第一件事就是重新粉
　　　　刷已經生鏽的藤架。我最喜歡花園的這個角落，可是媽媽
　　　　顯然並不喜歡。她想把樹砍掉……妳笑什麼？

珍妮：我發現妳很少提到妳母親，但每次一提起就是挑她毛病。

NATACHA : Oh oui. Je la critique comme elle me critiquait, moi. Elle n'était jamais contente de rien. Maintenant, c'est fini, nous sommes loin l'une de l'autre et elle s'intéresse moins à moi.

Tu trouves que je suis méchante ? Tu sais, au fond, je l'estime et je sais que, si elle me critiquait, c'est qu'elle s'était fait une très haute idée de moi, trop haute, Il fallait absolument que j'y corresponde.

JEANNE : Tu y corresponds tout de même un peu.

NATACHA : Oui, depuis que j'ai passé mon bac et que j'ai été admise au conservatoire, l'éloignement aidant.

JEANNE : Et toi tu continues à la critiquer.

NATACHA : Par simple habitude, mais ce n'est pas bien. Tiens, chaque fois que tu me prendras à dire du mal d'elle, j'aurai un gage.

JEANNE : Quel genre de gage !

NATACHA : A toi de choisir.

4.

NATACHA : L'idée qu'elle peut être ici avec moi, et surtout sans moi, m'horripile. C'est comme une profanation.

JEANNE : Tu crois pas que tu exagères un peu !

NATACHA : Non. Penser qu'elle se balade là où je me suis baladée, étant petite, qu'elle respire l'odeur des mêmes fleurs, qu'elle s'assoit dans le fauteuil où ma mère, je dis bien ma mère, me prenait sur ses genoux...

5.

NATACHA : Bonjour !

Conte de Printemps

娜塔莎：是呀，她以前也是這麼挑我的毛病。她從來對什麼都不
　　　　滿意。現在好了，我們兩個離得遠遠的，她也比較不關心
　　　　我了。……妳覺得我很壞嗎？其實我很尊重她，我知道她
　　　　之所以挑我毛病，就是因為對我的期望很高，太高了。我
　　　　必須要迎合她。

珍妮：妳多少也做到了一點。

娜塔莎：對，自從我考進音樂學院之後，距離還是有點幫助。

珍妮：但妳還是繼續批評她。

娜塔莎：已經習慣了，但這個習慣不好。這樣吧，以後妳再抓到
　　　　我說她壞話，我就受罰。

珍妮：罰什麼？

娜塔莎：由妳決定。

選錄 4　　娜塔莎聊到父親伊果的年輕女友伊芙

娜塔莎：一想到她（伊芙）可能會來——無論我在不在——我就
　　　　全身起雞皮疙瘩。這簡直是褻瀆聖地。

珍妮：妳太誇張了吧！

娜塔莎：只要想到她走在我小時候走過的地方，嗅著同樣的花
　　　　香，坐在我母親——我母親哦——把我抱在她的大腿上坐在
　　　　那張椅子上……

選錄 5　　娜塔莎在父親的公寓彈鋼琴，這時珍妮按了門鈴

娜塔莎：嗨！

JEANNE : Bonjour. Tu sais ce qui m'arrive ?

NATACHA : Euh... Ta cousine est encore là ?

JEANNE : Exactement.

NATACHA : Non ! (*Elle se précipite dans les bras de Jeanne.*) Oh ! Je suis contente ! Maintenant tu ne m'échapperas pas !

JEANNE : Son stage est prolongé. Alors j'ai pensé que je pourrais facilement faire plaisir à la fois à elle et à toi... Et à moi.

NATACHA (*en même temps*) : Et à toi, j'espère ?

Les deux filles sont entrées au salon. Elles s'assoient.

JEANNE : Le seul point ennuyeux, c'est que je n'ai pas osé lui dire que je n'étais pas chez Mathieu. Parce qu'elle se serait crue obligée d'aller a l'hôtel. Et puis c'est une fille à qui je n'aime pas faire mes confidences. J'ai peut-être tort, mais... Comme elle est assez fine et qu'elle a, disons, la finesse mal placée, je suis presque sûre qu'elle me soupçonne déjà d'avoir fait une fugue. Elle ne se trompe pas tellement : j'en fais une.

6.

JEANNE : Dans un endroit qui, non seulement n'est pas "chez moi", mais que je hais. Il n'y a pas de lieu que je haïsse plus au monde. Je voudrais l'anéantir, le faire sauter, je me sens des instincts d'incendiaire... La seule idée que je doive y passer deux ou trios fois, cette semaine, pour prendre le courrier et les messages du répondeur, me gâche en partie le plaisir de ma petite fugue.

J'ai l'air toute calme à voir, comme ça, mais en fait j'ai quelquefois une violence de pensée qui m'effraye. Et s'il m'arrive d'identifier Mathieu à son territoire, il n'est pas non plus d'être que je haïsse plus au monde. (*Elle rit.*) Tu ne

珍妮：嗨！妳猜怎麼了？

娜塔莎：嗯……妳表妹沒走？

珍妮：猜對了。

娜塔莎：不會吧！真是太好了！現在妳逃不掉了！

珍妮：她的實習時間延長了。所以我就想到這個簡單的辦法，可
　　　以讓她也讓妳高興……還有我。

娜塔莎（同時）：還有妳吧？

她們兩人走進客廳，坐了下來。

珍妮：唯一麻煩的是我不敢告訴她我不住在馬修家，否則她一定
　　　會堅持要住旅館。偏偏我又不想告訴她太多事情。我也許
　　　錯了，但是……她很敏感，而且可以說到了詭異的程度，
　　　我想她八成已經猜到我離家出走了。這麼想也沒錯，我的
　　　確是離家出走。

選錄 6　　珍妮發表個人對愛情與生活空間的有趣言論

珍妮：不但不是我家，而且是我痛恨的地方。全世界我最痛恨的
　　　就是那個地方。我想毀滅它，想炸掉它，我覺得自己有縱
　　　火犯的本質……只要一想到這個禮拜為了拿信、聽留言，
　　　得過去兩三次，就覺得有點掃了我離家出走的興。

　　　我外表看起來很冷靜，其實有時候我會有一些連自己都害
　　　怕的激烈想法。要是我把馬修和他的巢穴聯想在一起，便
　　　也覺得他可恨到了極點。（笑著）妳不覺得這樣很恐怖
　　　嗎？

trouves pas ça monstrueux ?

NATACHA : Oui, c'est très grave, cette chose, surtout pour toi qui es si sensible aux lieux.

JEANNE : Pas toujours. Mais je pense que, lorsqu'on aime un être, il faut lui accoder, d'une façon ou d'une autre, un domaine réservé. Et ce domaine, c'est avant tout le lieu de travail. D'ailleurs, dans la plupart des couples le travail est d'emblée un domaine réservé, mais nous, comme nous travaillons tous deux à la maison...

7.

EVE : Tu n'aimerais pas mieux—on peut se tutoyer-faire comme moi, avoir une vie plus active, organiser des expositions, être dans la presse, l'édition, l'audiovisuel.

JEANNE : Non, ce genre d'activités ne me convient pas. Ca correspond peut-être à votre... Enfin à ton tempérament mais, en tout cas, pas au mien. Et puis surtout, dans ce genre d'activités, on est toujours dépendant, soit de quelqu'un, soit de quelque chose, même au plus haut niveau, si on l'atteint. Tandis que dans ma classe, je suis maîtresse absolue.

EVE : Quand les élèves le permettent.

JEANNE : Oui, mais ça c'est mon affaire.

EVE : Ils t'écoutent ? Bravo !

JEANNE : Et, s'ils ne m'écoutent pas, je n'ai à m'en prendre qu'à moi.

EVE : Là n'est pas seulement la question. Ils t'écoutent, je veux bien le croire, mais comment ? Je peux parler en connaissance de cause. Je prépare une maîtrise de philosophie. Mais ma

娜塔莎：這件事的確很嚴重，尤其妳又那麼重視生活空間。

珍妮：也不見得。只是我覺得當我們愛一個人，就應該給他一個
　　　私人空間。主要是工作的空間。大部分的夫妻情侶工作場
　　　所本來就分開，可是我們兩個卻都在家裡……

選錄 7　　珍妮、娜塔莎和伊果、伊芙共進晚餐

伊芙：妳難道不想過熱鬧一點的生活嗎？像我一樣籌辦展覽，從
　　　事媒體、出版、傳播的工作。

珍妮：我不適合這樣的工作。也許妳的個性比較適合，但我不
　　　行。而且做這類工作總是必須配合某個人、某件事，即使
　　　職位再高也一樣。可是在我的班上，大家都得聽我的。

伊芙：那也得學生夠聽話。

珍妮：對，這正是我最拿手的。

伊芙：他們聽妳的？眞厲害！

珍妮：要是他們不聽話，也只能怪我自己。

伊芙：問題還不只如此。就算他們聽話，他們能聽懂妳的課嗎？
　　　這種情況我很了解。我正在修哲學碩士學位。但是我的哲
　　　學只有我自己知道，我根本不想和那些對我、柏拉圖或史

philosophie, je la garde pour moi. Je n'ai aucune envie de la faire partager à des gens qui s'en foutent éperdument, que ce soit la mienne, celle de Platon ou de Spinoza.

8.

JEANNE : Moi j'aborde la vraie philo, de front, et, comme ils ne connaissent pas, ça les intrigue.

EVE : La vraie philo ? Tu veux dire la métaphysique ?

JEANNE : Pas exactement. Parce que là encore, sur les "grandes questions", Dieu, l'Univers, la Liberté, ils ont déjà leurs réponses, naïves, mais réponses tout de même. Je dirais plutôt la philosophie transcendantale.

IGOR : Transcendantale ?

EVE : Oui, Kant. Tu leur fais lire Kant ?

JEANNE : Non, pas forcément. Sans référence aux auteurs, du moins au début. J'essaie de susciter une réflexion portant sur la pensée en tant que telle, le pur acte de penser. Enfin j'emploie le mot transcendantal au sens large.

EVE : Qui comprend aussi le sens husserlien.

JEANNE : Si l'on veut.

EVE (*a Natacha*) : Et d'après toi ?

NATACHA : Quoi ?

EVE : Transcendantal, ça veut dire quoi ?

NATACHA : Ben, ce qu'elle dit. Une philo qui se place au plus haut sommet, qui dépasse tous les points de vue, les transcende.

EVE : Ce n'est pas du tout ça. Tu confonds transcendantal et

賓諾沙的哲學毫無興趣的人分享。

選錄 8　晚餐進行中，哲學問題被放在餐桌上

珍妮：我直接就切入真正的哲學，因為他們沒聽過，所以很感興趣。

伊芙：真正的哲學？妳是說形而上學？

珍妮：不完全是。因為同樣地，在所謂的大問題上，像是上帝、宇宙、自由等等，他們已經有自己的答案，也許不夠成熟，但總是有答案了。我說的是先驗哲學。

伊果：先驗？

伊芙：對，康德。你讓學生讀康德？

珍妮：不一定。至少一開始我並沒有提到任何作者。我試著引導他們就思想本身作思考，純粹的思考。其實我說的先驗哲學是就廣義而言。

伊芙：也包括胡塞爾的思想。

珍妮：可以這麼說。

伊芙（對娜塔莎）：妳認為呢？

娜塔莎：什麼？

伊芙：什麼叫做先驗？

娜塔莎：就像她說的。一種登峰造極，超越其他所有主張的哲學。

伊芙：這可真是大錯特錯。妳和 99% 的人一樣，把先驗性和超

transcendant, comme 99% des gens.

9.

JEANNE : Chez Kant ? L'exemple, c'est "tout ce qui arrive à une cause". Mais on peut prendre aussi les jugements mathématiques. "La ligne droite est le plus court chemin d'un point à un autre", ce n'est pas tiré du concept de droite, et ce n'est pas non plus dans l'expérience.

IGOR : Oui, parce que l'espace est une forme a priori de la sensibilité.

EVE : Bravo ! En fait, tu n'as rien oublié. (*A Natacha*) Tu as tout de même appris ça ?

NATACHA : Non, je te dis ! On en a peut-être parle, mais je n'étais pas là, ou je n'écoutais pas. Mais, (*la dévisageant en ricanant*) ça ne m'a pas empêchée d'avoir seize au bac.

10.

NATACHA : Oh ! Lui, il n'ira pas.

JEANNE : Il te l'a dit ?

NATACHA : Non, mais j'en mettrais ma main au feu. Je ne le vois pas quitter son adorée pour aller arracher les mauvaises herbes.

JEANNE : Pourtant hier, il a dit qu'il viendrait. J'ai même cru comprendre qu'il mettait son point d'honneur à y aller.

NATACHA : Si ce n'est qu'une question de point d'honneur, j'en doute. Il ne met pas son honneur là.

JEANNE : Moi, je me tiens à ce que j'ai entendu.

NATACHA : Et moi, je lis entre les lignes.

驗性搞混了。

選錄9　晚餐繼續，哲學也繼續

珍妮：康德的理論？例如「所有發生的事情都有原因」。也可以
　　　用數學的觀點來解釋。「直線是兩點之間的最短距離」，這
　　　不是從直線或經驗所得來的概念。

伊果：對，因為空間是一種直覺推測的形式。

伊芙：厲害！你倒是還記得挺牢的。（對娜塔莎）這個妳總知道
　　　吧？

娜塔莎：我說了，不知道！老師可能講過，但也許我不在，也許
　　　　我沒認真聽。可是（以嘲弄的眼神盯著她）我聯考還是拿
　　　　了 16 分。

選錄10　晚餐後隔天早上，珍妮和娜塔莎

娜塔莎：他呀！他不去。

珍妮：他說的？

娜塔莎：不是，但我可以保證。他才不會丟下心愛的人去拔那些
　　　　野草呢。

珍妮：可是昨天他說他會去。而且我覺得他好像是拿名譽作擔保
　　　的。

娜塔莎：要說和名譽有關，我可不信。他不會把名譽押在這種事
　　　　情上面。

珍妮：這只是我聽到的感覺。

娜塔莎：我卻聽出了他字裡行間的含意。

JEANNE : Sa réponse était brève et catégorique. Il n'y a qu'une ligne.

11.

NATACHA (*à Eve*) : Je peux te remplacer.

EVE : Non, ça va très bien. J'adore éplucher les patates.

NATACHA : Mais, si tu veux fumer, tu serais certainement mieux dans le jardin.

EVE : Je ne tiens pas spécialement à fumer, mais j'adore fumer en faisant des travaux manuels.

NATACHA : Pas la cuisine !

EVE : Eh bien, si ! Mais si la fumée te gêne, dis-le. Je m'arrêterai.

NATACHA : Tu sais bien qu'elle me gêne, mais je ne reste pas... A moins que Jeanne veuille que je la remplace.

JEANNE : Non. Non, ça va.

NATACHA : Cela dit. Excuse-moi. mais c'est la première fois que je vois quelqu'un fumer en faisant la cuisine.

EVE : Je sais que ça ne se fait pas, mais je suis très soigneuse. Sois tranquille, je ne ferai pas tomber de cendres dans les casseroles !
(*A peine a-t-elle dit cela, qu'un peu de cendre se détache, par accident, semble-t-il, de la cigarette qu'elle tenait à la main, et tombe sur une rondelle de pomme de terre.*) Ça y est ! Chaque fois que je me vante de quelque chose, vlan !
(*Elle pose sa cigarette sur le coin de la table, prend la rondelle et la jette sur les épluchures.*) Excuse-moi. J'espère que tu n'en es pas à une rondelle de pomme de terre près.

NATACHA : Et toi, que tu n'es pas à une cigarette près !

珍妮：他的回答簡單明白。只有一句話，哪來的字裡行間？

選錄11　珍妮和娜塔莎一起去鄉下，碰到父親伊果和伊芙

娜塔莎（對伊芙）：我替妳削。

伊芙：不用了，我很喜歡削馬鈴薯。

娜塔莎：可是妳要抽煙的話，最好還是去花園。

伊芙：我不是特別喜歡抽煙，只是動手的時候就喜歡抽。

娜塔莎：在廚房不行！

伊芙：怎麼不行？如果妳不喜歡煙味就直說，我會熄掉。

娜塔莎：妳明知道我不喜歡的，算了，反正我不留在這裡……除
　　　　非珍妮要我幫她。

珍妮：不用了。

娜塔莎：既然如此我就出去了，我還是第一次看到有人一邊做菜
　　　　一邊抽煙。

伊芙：我知道不能這樣做，不過我會很小心。放心吧，我不會把
　　　　煙灰掉進鍋子裡的！

　　　　（她話才說完，便有一小撮煙灰似乎是無意中從她手上的香
　　　　煙落下，掉在一片馬鈴薯上面。）這下可好！每次我一誇
　　　　口就搞砸！

　　　　（她將香煙放到桌角，然後拿起那片馬鈴薯丟進削下來的皮
　　　　堆裡。）對不起，應該不差這麼一片馬鈴薯吧。

娜塔莎：妳也應該不差這麼一根香煙吧！

Elle prend la cigarette et la jette sur les épluchures.

EVE : Eh ! (*Calmement*) Tu as tout à fait raison, j'ai un paquet à peine entamé.

12.

IGOR : Bref, pour en revenir à la scène de ce matin, ce qui me désole, c'est qu'il ne s'agit plus d'une haine banale, une haine, si je puis dire, de convenance, comme il peut en exister entre une fille et la maîtresse de son père. Après mon divorce, je suis resté un certain temps très seul, ayant quitté rapidement la femme pour laquelle j'étais censé avoir divorcé, et ensuite j'ai eu un nombre confortable de petites amies, sans que Natacha ait eu l'air de me désapprouver. Mais, avec Eve, je suis resté déjà beaucoup plus longtemps qu'avec aucune autre. Natacha a l'impression que je vais me fixer. Elle se trompe. Nous nous sommes aimés très fougueusement, un peu parce que nous pensions que ça ne durerait pas. Je m'attends à tout instant à ce qu'elle me quitte. La scène de ce matin lui ferait une assez bonne sortie. Je sais–Natacha ne le sait pas–qu'il y a un autre homme dans sa vie. Donc elle est beaucoup moins dangereuse, si je puis dire, que Natacha le croit.

13.

JEANNE : Il y a peut-être aussi une question d'âge. Je suis sûre que ça la gêne de vous voir avec une minette, passez-moi l'expression, pas beaucoup plus âgée qu'elle.

IGOR : Elle est bien avec un mec Presque aussi âgé que moi !

JEANNE : Et ça, moi, ça me gêne davantage, Vous et Eve, ça ne me choque pas tellement, bien qu'en amour, moi, je ne puisse pas supporter la moindre différence d'âge. J'ai seulement trois

Conte de Printemps

她拿起香煙，也丟進皮堆裡。

伊芙：呃！（心平氣和地）妳說得對，我有一包幾乎都還沒動過
呢。

選錄12　　晚餐後伊果和珍妮聊天

伊果：再說早上那個場面，最讓我難過的是，這已經不是一種普
通的恨，不是一個女兒對父親的情婦所該有的恨意。離婚
之後，有好一陣子我都是孤單一人，我很快就離開了那個
導致我離婚的女人，後來又交了許許多多女友，娜塔莎從
未表示反對。但是我和伊芙在一起的時間比其他人都長，
娜塔莎以為我想定下來，但她錯了。我們的愛充滿激情，
也許是因為我們都覺得這段感情不會長久。我想她隨時都
可能離開我。早上那件事剛好為她提供了一個好理由。我
知道——娜塔莎並不知情——她另外有一個男人。所以她並
不像娜塔莎所想得那麼……怎麼說呢……危險吧。

選錄13　　珍妮和伊果談到愛情與年齡

珍妮：可能是年齡的關係。我相信當她看到你和一個年輕小妞…
…請別介意我的用詞……一個大她沒幾歲的人在一起，心
裡一定很彆扭。

伊果：她的男朋友年紀也和我差不多呀！

珍妮：要是我，我會更彆扭。你和伊芙，我倒不覺得如何，可是
在愛情方面，我絲毫無法忍受年齡的差距。我也只比馬修
大三個月而已。

mois de plus que Mathieu.

IGOR : C'est drôle. Je vous verrais facilement avec quelqu'un de plus âgé. Ce qui prouve que je vous vois très jeune car j'aime les oppositions. Et contrairement à ce que vous croyez, je ne vous trouve pas trop vieille pour moi.

Il rit.

JEANNE : Et moi, contrairement à ce que j'ai dit, je ne vous trouve pas tellement trop vieux pour moi. Non, ce qui crée une barrière, c'est que vous êtes le père de Natacha. Tant mieux. Ça fait que nous pouvons nous parler sans arrière-fond de séduction. C'est reposant.

14.

IGOR : Je peux m'asseoir à côté de vous ?

JEANNE : Oui.

Il s'assoit sur le canapé. Il la regarde, elle lui sourit.

IGOR : Je peux vous prendre la main ?

JEANNE : Oui.

Ils restent un moment la main dans la main, sans rien dire.

Ils se regardent. Elle lui sourit, comme si elle attendait une autre question.

IGOR : Je peux vous embrasser ?

JEANNE (*comme si la rèponse était évidente*) : Oui.

Il dépose un baiser sur sa main puis il l'embrasse sur les lèvres.

Il veut la serrer dans ses bras, mais elle le repousse, se lève et va s'asseoir dans le fauteuil en vis-à-vis. Il essaie en vain de la retenir.

Conte de Printemps

伊果：眞有趣。我覺得妳很適合年紀稍長的人。可見在我眼裡妳很年輕，因爲我喜歡年齡的反差。其實不管妳怎麼想，我並不覺得妳對我而言年紀太大。

他笑了。

珍妮：雖然我剛才那麼說，我也不覺得你年紀太大。主要的障礙應該是因爲你是娜塔莎的父親。這樣反倒好。至少我們談話之中不必心存遐想。這種感覺很舒服。

選錄14　伊果試著引誘珍妮

伊果：我可以坐在妳旁邊嗎？

珍妮：可以。

他坐到沙發上。他看著她，她對他微笑。

伊果：我可以握妳的手嗎？

珍妮：可以。

他們就這麼手拉著手，好一會都沒有說話。他們看著對方。

她對著他微笑，像是等著他問下一個問題。

伊果：我可以吻妳嗎？

珍妮（彷彿答案已經不言自明）：可以。

他親了一下她的手，然後吻上她的唇。

他想擁她入懷，但她卻將他推開，站起來，走到對面的扶手椅坐下。他想抓住她卻是徒然。

IGOR : Jeanne, Restez-là !

JEANNE : Non... J'ai dit oui. Ça ne vous suffit pas ?

IGOR : Ben, raison de plus !

JEANNE : Non. Vous avez eu ce que vous demandiez. C'est fini.

IGOR : Je ne peux rien demander d'autre ?

JEANNE : Non, j'ai accordé triois choses et c'est beaucoup. Vous connaissez le conte des Trois souhaits ? Les deux époux peuvent faire trios souhaits, pas plus. Le mari souhaite un boudin. La femme, furieuse, souhaite qu'il lui pende au nez. Il ne reste plus qu'à souhaiter qu'il se décroche. Mais vous, vous n'avez pas trop mal choisi.

IGOR : J'aurais pu demander plus.

JEANNE : Effectivement, mais c'est trop tard.

IGOR : Vous l'auriez accordé ?

JEANNE : Naturellement ! Ce n'est pas tant ce que vous demandiez que le fait que vous le demandiez, comme ça, qui m'a soufflée.

15.

IGOR : Je ne suis pas amoureux de vous, mais je pourrais l'être. D'une certaine façon, j'ai envie de l'être. Si j'ai agi aussi précipitamment, c'est que je ne voulais pas me laisser enfermer dans votre stratégie.

JEANNE : Ma stratégie ? Quelle stratégie ?

IGOR : Celle de banaliser, plutôt d'aseptiser, de désérotiser nos rapports. Je suis le père de votre copine, je suis tabou, plus d'arrière-fond de séduction, comme vous dites. Moi, je n'aime

Conte de Printemps

伊果：珍妮。別走！

珍妮：不……我已經說可以，這樣還不夠？

伊果：所以就更不該走啦！

珍妮：不。你的要求已經獲得滿足。到此為止了。

伊果：我不能再有其他要求？

珍妮：不行，我已經答應你三件事，很多了。你聽過三個心願的
故事嗎？那對夫妻只能提出三個心願，不能再多。丈夫說
他想要一截香腸，妻子氣得說要讓香腸掛在丈夫的鼻子
上，最後一個心願也就只能把香腸解下來了。不過你的選
擇都還不錯。

伊果：我本來可以要求更多的。

珍妮：沒錯，但現在太遲了。

伊果：我若是提出了，妳會答應嗎？

珍妮：當然！其實你會提出要求比你要求的內容更讓我吃驚。

選錄15　　伊果和珍妮討論彼此的關係

伊果：我沒有愛上妳，但卻有此可能。或者也可以說我想愛上
妳。我之所以會這麼急，那是因為我不想掉入你的計謀當
中。

珍妮：我的計謀？什麼計謀？

伊果：就是使我們的關係變得平淡，或者說變得不帶慾望與色情
的計謀。我是妳朋友的父親，所以成了忌諱，就像妳說的
不再存有任何遐想。可是我不喜歡這樣。我不但不感到自

pas ça. Au lieu de me mettre à l'aise, ça me glace, je me sens raide et emprunté. J'aime désirer et être désire, précisément, en arrière-fond, même si ça n'aboutit à rien.

16.

IGOR : Vous pensez a quoi ?

JEANNE : Je pense à mon cours de Lundi après-midi.

IGOR : Vous êtes vraiment détachée de la situation présente !

JEANNE : Non, c'est en fonction d'elle que j'y pense. J'essayais tout simplement de me souvenir à quoi je pensais tout à l'heure quand j'ai dit oui.

IGOR : Pensée transcendantale ?

JEANNE : Non, psychologique, plutôt.

IGOR : Et alors ?

JEANNE : Et bien, au stade actuel de ma réflexion, qui a été brève, je pense surtout que je ne pensais à rien. Enfin, je veux dire à aucun des motifs qui règlent la conduite des êtres les uns envers les autres, attraction, répulsion, soumission, domination, amour, haine, etc. Je ne pensais ni à vous, en tant que tel, ni à Mathieu, ni même à moi.

IGOR : Vous voulez dire que vous avez agi par automatisme ?

JEANNE : Pas exactement. J'ai agi par logique. La logique du nombre. Le nombre trois.

IGOR : Jamais deux sans trois.

JEANNE : Oui, il y a toute cette tradition du nombre trois, le triangle, le syllogisme, la triade hégélienne, la Trinité... Je sais pas, toutes choses qui établissent un monde clos, qui

在，反而覺得全身冰冷、僵硬，而且尷尬。我喜歡內心裡那種需要與被需要的感覺，即使不會有任何結果也無所謂。

選錄16　伊果和珍妮繼續對話

伊果：妳在想什麼？

珍妮：我在想禮拜一下午的課。

伊果：妳真是完全不在狀況內！

珍妮：不，正因爲現在的狀況我才想到那堂課。我只是試著回憶剛才我說可以的時候心裡在想些什麼。

伊果：先驗性思想？

珍妮：不，應該是心理學思想。

伊果：如何呢？

珍妮：依我目前瞬間的想法，我想當時我腦子裡一片空白。我是說我沒有想到任何支配人與人之間行爲關係的動機，像是吸引、排斥、屈服、控制、愛恨等等。我既沒有想到你，也沒有想到馬修，甚至沒有想到自己。

伊果：妳是說妳完全是機械式反應？

珍妮：也不盡然。我是依照數字邏輯反應。數字三。

伊果：有二必有三。

珍妮：對，有許多傳統與三有關：三角形、三段論、黑格爾的三段式、三位一體……這一切建立了一個密閉的世界，奠定了明確的界限，或許也提供了解開奧祕之鑰。但是我並未

instaurent le définitif et qui donnent peut-être la clef du mystère. Mais je ne me sentais pas entraînée par une force extérieure. C'était par libre choix. J'ai agi par honnêteté envers la logique. J'aurais pu dire non, mais j'avais l'impression que c'était tricher. "Ce n'était pas de jeu", comme je disais quand j'étais petite.

17.

NATACHA : Tout ce que j'espère, c'est que tu ne m'en veupas torp de t'avoir laissee tomber.

JEANNE : Quand c'est pour son amoureux, on a le drooir de laisser tomber meme sa meilleure amie.

18.

Le studio de Jeanne.

Jeanne entre. L'appartement est vide et bien range. Sur une table, un beau bouquer de fleurs dans son enveloppe de cellophane, le bas des tiges baigne dans l'eau d'une cuvette. Sur une feuille de papier, on peut lire :

"Dinanche, 9 heures. Nous partons. Je n'ai pas le temps de t'attendre. Tout s'est tres bien passe. Je t'ecrirai. Bises. Ga ? lle Te n'ai pas defait le bouquet, au cas ou ntu prefererais l'emporter." Jeanne soulave bouquet. Fait le geste de defaire le cellophane, puis se ravise.

L'appartement de Mathieu.

Jeanne entre, portant a la fois sac de voyage et le bouquet. La piece est toujours dans le meme desordre. Seul changement : les petales des tulips sont tombes et jonchent la table autour du vase. Jeanne, soigneusement, les fait glisser dans la corberlle a papier, puis va rincer le vase a la cuisine pour y mettre le nouveau bouquet. Elle le replace sur la table et commence a ranger.

Conte de Printemps

感覺到外力的牽引。我是自由選擇。我完全依照著邏輯而行。我原本可以說不，卻又覺得那是作弊。就像我小時候說的：「這樣做犯規」。

選錄17　珍妮打包行李要離開娜塔莎的家

珍妮：為了心愛的人，即使再好的朋友也可以丟下。

娜塔莎：妳也知道，威廉的年紀和我父親差不多，所以看到他們在一起，我會覺得彆扭。何況他們兩個都很內向。他的出現真是讓我手足無措。我根本沒想到會遇見他。

選錄18　與娜塔莎認識後，珍妮對自己的感情有了新的體會

珍妮的套房。（珍妮走進來）。

家裡空空的，收拾得很整齊。在一張桌上有一束包著玻璃紙的漂亮花束，莖的底部浸在廣口瓶的水裡。可以看到一張紙上寫著：

星期天，9點。我們走了。我沒時間等妳。一切都很順利。我會寫信給妳。親一個。蓋兒。我沒把花束拆開，也許妳會想帶走。珍妮拿起花束，拆掉玻璃紙，覺得很開心。

馬修的公寓。

珍妮走進來，拿著她的旅行袋和花束。房子還是一樣亂。唯一的改變是：鬱金香的花瓣掉在桌上，灑滿了花瓶旁的桌面。珍妮仔細地把花瓣掃進字紙簍裡，然後到廚房沖洗花瓶，好把新的花束插上。她把新插好花放在桌上，開始清理房子。

Conte d'Été | 夏

CONTE D'ETE

sorti le 5 juin 1996

druee : 1h53

Gaspard	MELVIL POUPAUD
Margot	AMANDA LANGLET
Solene	GWENAELLE SIMON
Lena	AURELIA NOLIN

1.

LUNDI 17 JUILLET

La Vedette de Saint-Malo-Dinard traverse l'estuaire de la Rance. Un jeune homme de vingt-et-un ans, Gaspard, est parmi les passagers. Ses bagages, un sac à dos et un étui à guitare, sont déposés à côté de lui sur la banquette.

MARDI 18 JUILLET

Le matin, en pyjama, il continue ses exercices.
Il se promène le long de la plage en mangeant une glace.
Le soir tombe. Il se décide pour un petit restaurant du port : La Grêperie du Clair de Lune.
La serveuse est avenante, Elle est connue des clients qui l'appellent Margot. Elle essaie d'engager la conversation avec Gaspard. Il ne répond que par monosyllabes à ses questions.

Conte de Ete

夏日快結束了，賈斯柏在接受新工作之前，來到布列塔尼的海邊，等待與女友蘇蘭相會，只是蘇蘭捉摸不定的心意讓人半信半疑，而頗富異性緣的賈斯柏也不甘寂寞的在等待的期間考慮來一場夏日之戀。

瑪歌是第一個主動攀談的女孩，雖然健談也不排斥短暫的火花，但總不會是第一個考慮的對象；蓮娜的熱情奔放，也讓人著實小鹿亂撞，只是選來選去，還是盼不到的蘇蘭最好。

該約誰去威松島玩好呢？原本簡單的選擇題，放在心猿意馬的賈斯柏與三個反覆不定的女友身上，成了立場不定、複雜的申論題。

夏日的短暫戀情滿是火熱，打的不可開交，只是蔓延開來，卻也一發不可收拾⋯⋯天知道下一個時刻的風往哪吹？

選錄 1　　賈斯柏來到海灘

7月17日　　星期一

從聖馬洛第納來的渡輪駛過漢斯的港灣。乘客之中有位二十一歲的年輕男子叫賈斯柏。他的行李就是一只背包及一個吉他套，放在他身邊的板凳上。⋯⋯

7月18日　　星期二

早晨，他穿著睡衣繼續練習。

他沿著海岸線散步，一邊吃冰淇淋。

夜晚降臨，他決定到一家港邊叫做「月光可麗餅店」的小餐廳。

女服務生很可愛，客人們叫她瑪歌。她試著跟賈斯柏打開話匣子，他只用一個字回答她的問題。

MERCREDI 19 JUILLET

Sur la plage, allant se baigner, il croise Margot sortant de l'eau.

MARGOT : Bonjour !

GASPARD : Bonjour ! Euh... On se connaît ?

MARGOT : Vous ne me reconnaissez pas ?

GASPARD : On s'est vus à Rennes ?

MARGOT : Mais non, ici, hier soir, au restaurant.

GASPARD : Ah ! ... C'est vous qui serviez ? Je ne vous reconnaissais pas. Avec vos cheveux mouillés !

MARGOT : Tu es seul ici ?

GASPARD : pour l'instant, oui.

MARGOT : En vacances ?

GASPARD : Ben, oui.

JEUDI 20 JUILLET

Margot emmène Gaspard dans sa voiture, en direction de Saint-Sulliac. Pendant le parcours, Gaspard dit quelques mots de ses ambitions musicales.

Au retour, la voiture s'arrête devant le restaurant.

MARGOT : Viens dîner ce soir, je t'invite. Je ne pourrai pas le faire tous les soirs, ma tante ne serait pas d'accord, mais en temps.

GASPARD : Non. T'en fais pas pour moi. Tu es gentille, mais j'habite chez des gens qui ne sont pas là et je peux très bien faire la cuisine.

Conte de Ete

7月19日　　星期三

在海灘上，正要去游泳時，與剛從水裡上岸的瑪歌擦身而過。

瑪歌：您好！

賈斯柏：您好！さ……我們認識嗎？

瑪歌：您不認識我了嗎？

賈斯柏：我們在翰恩見過？

瑪歌：不，在這兒，昨晚在餐廳裡啊！

賈斯柏：啊！您就是那個女服務生？您的頭髮濕了，我認不出來。……

瑪歌：你一個人嗎？

賈斯柏：目前是。

瑪歌：來度假？

賈斯柏：對。

7月20日　　星期四

瑪歌開車往聖蘇雅克方向送賈斯柏回家。途中賈斯柏稍微提了他對於音樂的野心。……

回來後，車子停在餐廳前面。

瑪歌：今晚來吃晚餐吧，我請客。我不能常請人，因為我阿姨不會同意，但偶爾沒問題。

賈斯柏：不用了，妳不用擔心我。妳很好心，但我住人家家裡，他們不在，我可以開伙。

MARGOT : C'est triste d'être seul, le soir.

GASPARD : Bientôt je ne serai plus seul, j'ai des amis qui doivent arriver demain ou après-demain.

MARGOT : Raison de plus pour venir aujourd'hui.

GASPARD : Non, j'ai envie de faire de la musique. Et puis, j'attends un coup de téléphone.

MARGOT : Bon. Et ben... A demain après-midi alors... Si tu es libre.

2.

Il se promènent le long de la plage, puis sur le sentier des douaniers au bord des falaises. Elle remarque qu'il dévisage les filles.

MARGOT : Pas mal cette fille !

GASPARD : Laquelle ?

MARGOT : Celle que tu as regardée.

GASPARD : Mais, je ne regarde pas les filles !

MARGOT : Tu devrais, puisque tu es seul.

GASPARD : J'ai peut-être regardé celle-la, mais c'est pas pour la raison que tu crois... Tu sais, en fait, je suis venu ici pour rencontrer quelqu'un.

MARGOT : Oui, tu me l'as dit.

GASPARD : Je t'ai dit "des amis". En fait...

MARGOT : C'est une fille ?

GASPARD : On ne peut rien te cacher.

Conte de Ete

瑪歌：晚上一個人很可憐。

賈斯柏：我不會一個人太久的，我有朋友應該明天或後天就到了。

瑪歌：那今晚更該過來。

賈斯柏：不，我想做音樂，而且我在等一通電話。

瑪歌：好吧，那明天下午見囉！……如果你有空的話。

選錄2　　賈斯柏和瑪歌一塊兒散步

7月21日　　星期五

他們沿著海邊散步，而後沿著海邊懸崖的小徑。她注意到他盯著女孩子看。

瑪歌：辣妹！

賈斯柏：哪一個？

瑪歌：你盯著看的那個。

賈斯柏：我才沒盯著女孩子看！

瑪歌：你應該看的，反正你一個人。

賈斯柏：我也許是看了那個女生，但並不是妳以為的那樣。其實，我來這兒是要跟某人碰面。

瑪歌：對，你已經跟我說過了。

賈斯柏：我跟妳說是「一些朋友」，但事實上……

瑪歌：是個女的？

賈斯柏：什麼事都瞞不過妳。

MARGOT : Ta petite copine ?

GASPARD : Si tu veux, mais pas exactement.

MARGOT : Et elle doit arriver quand ?

GASPARD : Vers le 20.

MARGOT : Nous y sommes !

GASPARD : En principe oui.

MARGOT : Elle vient te rejoindre si je comprends bien ?

GASPARD : Non, c'est plutôt moi qui... En fait, c'est plus compliqué que ça. Il faudrait que je te raconte ma vie.

3.

GASPARD : Si tu veux, mais je simplifie... On s'est rencontré il y a quelques mois. C'est une fille très intelligente, une sorte de surdouée. Elle voulait préparer l'E.N.A mais maintenant elle n'a plus envie. Elle n'aime pas ce milieu. On a beaucoup d'affinités.

MARGOT : Parce que tu es musicien ?

GASPARD : Oui, entre autres choses.

Ils sont descendus dans une petite crique dégagée par la marée.
Mais elle n'est pas amoureuse de moi. Je sens qu'elle ne me prend pas tout à fait au sérieux, du moins pour le moment... On a fait le projet de passer les vacances ensemble et puis elle est partie avec sa sœur pour l'Espagne... Mais, au retour, elle doit aller chez ses cousins qui ont une villa pas loin d'ici, à côté de Saint-Lunaire. Elle m'a dit qu'elle s'y ennuyait plutôt et m'a proposé de passer la voir.

MARGOT : Comme c'est charmant !

GASPARD : Et même de l'emmener en balade à la pointe de la

瑪歌：是你的女朋友嗎？

賈斯柏：如果妳要這樣講也行，但不完全算是。

瑪歌：那她應該何時到？

賈斯柏：20號左右。

瑪歌：那就是今天啊！

賈斯柏：原則上是的。

瑪歌：如果我沒錯的話，她是要來找你的，對吧？

賈斯柏：不，應該說是我……事實上，這很複雜，我得從頭到尾
　　　　說清楚。

選錄 3　　賈斯柏和瑪歌提到自己心儀的女孩

賈斯柏：如果你想知道，我就簡單點說……我們幾個月前認識
　　　　的。她是個很聰明的女孩子，IQ很高。她想過準備考高
　　　　考，但現在沒興趣了。她討厭那個圈子的氣氛。我們有很
　　　　多相似之處。

瑪歌：因為你是音樂家？

賈斯柏：是，那是其中一個原因。

他們向下走到一個因潮汐而形成的小海灣。

不過她並不愛我。我覺得她對我並不認真，至少現在不是。
我們計劃好要一起去度假，但她後來跟她姊姊去西班牙了。
回程時，她必須去看她表兄妹，他們家有棟別墅離這兒不
遠，在聖路乃爾附近。她說在那裡很無聊，所以就叫我去那
找她。

瑪歌：那很好啊！

賈斯柏：她甚至要我帶她到布列塔尼的最頂點去逛逛，直到威松

Bretagne, jusqu'à Ouessant. Je ne connais pas et elle non plus.

MARGOT : Et bien, moi non plus. Il faudra que j'y aille un de ces jours. Si jamais elle ne veut pas y aller, pense à moi. Sûr ?

GASPARD : Euh ! Oui, oui.

MARGOT : On sait peut-être quand elle rentre ? Tu es allé voir chez ses cousins ?

GASPARD : Je vais te paraître idiot, mais je ne sais même pas ou ils habitent : du côté de saint-Lunaire, c'est tout ce qu'elle m'a dit. Je n'ai ni leur nom, ni leur numéro de téléphone. Elle ne l'avait pas sur elle quand on s'est quittés. Elle devait m'envoyer ses coordonnées mais elle ne m'a pas écrit du tout.

4.

LUNDI 24 JUILLET

Margot et Gaspard marchent le long du port de plaisance.

GASPARD : Je me demande comment tu fais pour te sentir à l'aise avec tous ces mecs !

MARGOT : Je me sens bien avec tout le monde : déformation professionnelle.

GASPARD : Comme hôtelière ?

MARGOT : Mais non, idiot, comme ethnologue ! Je suis curieuse des gens. Il n'y a personne qui soit tout à fait sans intérêt.

GASPARD : Si tu prends les gens en particulier, je suis d'accord, mais pas en groupe. J'ai toujours eu horreur des groupes. Je n'ai pas envie de m'y intégrer et. Si je voulais, je n'y arriverais pas.

MARGOT : Tu as beaucoup d'amis ?

群島。我沒去過，她也沒有。

瑪歌：我也沒去過。我應該總有一天要去。要是她不想去了，你
　　　就找我去，好嗎？

賈斯柏：好啦，好啦！

瑪歌：你應該知道她何時回來吧？你有去她表兄妹家看過了嗎？

賈斯柏：說出來妳會笑我，但其實我不知道他們住哪。她只跟我
　　　　說在聖路乃爾附近。我既沒有他們的名字，也沒有電話號
　　　　碼。我們分開時她身上沒有帶電話號碼。她應該寄信來告
　　　　訴我她的聯絡方式，但她都沒寫信給我。

選錄4　　賈斯柏和瑪歌談到與同性朋友和異性朋友的關係

7月24日　　　星期一

瑪歌和賈斯柏沿著碼頭走。

賈斯柏：我在想你跟那些人一起怎麼會自在，妳怎麼能那麼自在
　　　　地和那夥人相處。

瑪歌：我跟誰在一起都很自在，這是我的專業訓練。

賈斯柏：做服務生的訓練？

瑪歌：不，笨蛋，是人類學家！我對人有好奇心，沒有一個人是
　　　完全無趣的。

賈斯柏：如果妳個別來看的話，我會同意，但若是一群人的話則
　　　　行不通。我討厭團體，我不喜歡融入其中，而且就算我
　　　　想，我也做不到。

瑪歌：你有很多朋友嗎？

GASPARD : Oui, quelques-uns, mais des vrais, et on se voit séparément.

MARGOT : Des garçons ?

GASPARD : Oui. Actuellement comme fille, je ne vois que Léna.

MARGOT : Tu n'as pas d'amies filles ?

GASPARD : Si, maintenant toi.

MARGOT : C'est la première fois ?

GASPARD : Oui, pratiquement.

MARGOT : Tu n'as pas l'air de croire beaucoup à l'amitié entre garçons et filles ?

GASPARD : Si. Pourquoi pas ? Mais en général, ce que je cherche, c'est plutôt une amoureuse, pas une amie.

MARGOT : Et, à défaut d'amoureuse ?

GASPARD : Non, justement. Quand je n'ai pas d'amoureuse, je supporte moins les amies.

MARGOT : En somme, tu me supportes uniquement à cause de ta... Comment tu dis ? Léna ?

GASPARD : Oui, Léna.

5.

MERCREDI 26 JULLET

Ils arrivent à Saint-Lunaire en voiture. Ils arpentent la plage.

MARGOT : Tu es très philosophe.

GASPARD : Oui.

MARGOT : Et pas follement amoureux.

Conte de Ete

賈斯柏：有一些，都是真的朋友。而且我們都是個別見面。

瑪歌：男的？

賈斯柏：對。女的朋友，我現在只跟蓮娜見面。

瑪歌：你沒有女性朋友嗎？

賈斯柏：有啊，現在有妳。

瑪歌：這是第一次？

賈斯柏：可以這麼說。

瑪歌：你看來不太相信男孩跟女孩之間有純友誼？

賈斯柏：當然有，為何不行？但通常我想找的是一個女朋友，而不是兄弟朋友。

瑪歌：要是你找不到呢？

賈斯柏：沒女朋友，我會避開朋友。

瑪歌：總而言之，你之所以忍耐和我做個朋友，完全是因為你的……你說她叫什麼來著？蓮娜？

賈斯柏：對，蓮娜。

選錄 5　　瑪歌和賈斯柏開車去聖路乃爾的海邊散步

瑪歌：你可真是個哲學家。

賈斯柏：沒錯。

瑪歌：而且並非瘋狂地墜入愛河。

GASPARD : Tu vois je te l'avais dit... Si elle ne m'aime pas, tant pis. Je ne crois pas que je puisse aimer une fille qui n'est pas amoureuse de moi. Et comme il n'y en a aucune qui m'aime, et bien, je n'aime personne.

Ils se sont arrêtés sur la digue, adossés à la balustrade.

MARGOT : Tu veux que je te dise ce que je crois ? Je ne crois pas qu'elle t'aime, je ne crois pas que tu l'aimes non plus et je me demande même si elle existe.

GASPARD : Tu as vu sa photo !

MARGOT : Une photo, ça ne prouve rien. Elle existe peut-être, mais vous vous connaissez à peine et ce n'est pas uniquement pour elle que tu es venu.

GASPARD : Car tu penses que, dans ce cas, je serais le dernier des idiots ? Eh bien, je le suis... Maintenant, je ne sais pas si tu me comprends bien. D'une façon générale, dans la vie, je ne suis pas quelqu'un qui cherche à conquérir à tout prix, à provoquer le hazard. Par contre, j'aime que ce soit le hasard qui me provoque. Tu comprends ?

MARGOT : Par exemple ?

GASPARD : Par exemple, le jour même où elle m'a dit qu'elle serait vers le 20 à Dinard, j'ai rencontré, par hazard si je puis dire, un ami qui est d'ici et qui m'a offert sa chambre pour les vacances. Ce genre de situation ça m'excite. Ça peut susciter l'événement comme ça peut ne rien susciter... Tu trouves ça fou ?

MARGOT : Pas du tout. Au fond, moi aussi, j'ai ce genre de comportement. Si je me suis intéressée à la Bretagne, c'est que des occasions se sont présentées au moment voulu. Et pour

賈斯柏：妳知道我已經跟妳說過了⋯如果她不愛我就算了。我並不認為我能愛上一個不愛我的女孩。既然沒人愛我，那我也就誰都不愛。

他們停在堤防上，背靠著欄杆。

瑪歌：你想要我告訴你我是怎麼想的嗎？我不覺得她愛你，也不覺得你愛她，我甚至懷疑她存在嗎？

賈斯柏：你看過她的照片了啊！

瑪歌：一張照片並不能證明什麼，也許她真的存在，但你們認識不深，她不是你來這裡的唯一目的。

賈斯柏：如果你是這麼想的話，那麼我就是個大白癡囉？沒錯，我就是……現在，我不知道妳了不了解我，總之，我並不是一個會不擇手段達到目的的人，也不會強求。相反地，我喜歡順其自然，妳懂嗎？

瑪歌：比方說？

賈斯柏：比方說，她跟我說她20號會來的那天，剛好我碰到住在這裡的一個朋友，他借我他的房子度假。這種巧合的情況讓我很興奮。可能會發生什麼事情也可能什麼都不會發生。……妳不覺得這樣很瘋狂嗎？

瑪歌：一點都不會。基本上，我也是，我也會做同樣的事。我對布列塔尼的興趣也是如此。我會對布列塔尼有興趣，是因為時機到了。也是因為我的愛情也是一樣……儘管情況對

mes amours... Les circonstances ont été plutôt contre moi, mais finalement ça ne s'est pas si mal arrangé. Ça m'a permis de comprendre que je tenais à mon indépendance.

6.

JEUDI 27 JUILLET

Ils se promènent sur une autre plage de Saint-Enogat.

MARGOT : A ta place, au lieu de poireauter, je chercherais tout simplement une fille pour l'été.

GASPARD : D'une part, ça ne m'intéresse pas et d'autue part, même si je voulais je ne trouverais pas.

MARGOT : Pourquoi ?

GASPARD : C'est mon destin. Je ne réussis jamais les choses auxquelles je ne crois pas profondément.

MARGOT : Et tu crois profondément à Léna ?

GASPARD : C'est la question que je me pose.

MARGOT : Tu réfléchis trop... Tu vois, il y a plein de jolies filles ici.

GASPARD : Peut-être, mais je ne les connais pas. Ce n'est pas mon genre d'aborder des inconnues.

Ils s'engagent sur le chemin des douaniers, escarpé à cet endroit.

MARGOT : Mais la fille de l'autre soir, tu la connais. Tu lui diras bonjour si tu la rencontres ?

GASPARD : Oui, si elle me regarde. Et après ?

MARGOT : Qui ne tente rien n'a rien.

GASPARD : Je ne crois pas tellement à ça. Du moins en ce qui me concerne. Si la fille ne m'est pas a priori favorable, plus j'en

我不利，但最後結果卻沒有那麼糟。這讓我了解到獨立性對我自己而言是很重要的事。

選錄6　　瑪歌鼓勵賈斯柏談一段夏日之戀

7月27日　　星期四

他們沿著另一處聖恩農佳的海邊散步。

瑪歌：如果我是你的話，我不會守株待兔，我會去談一段夏日戀情。

賈斯柏：一方面呢，我沒興趣；另一方面，就算我想，我也找不到。

瑪歌：為什麼？

賈斯柏：我命中注定。我永遠無法完成我不深信的事情。

瑪歌：你深信莉娜？

賈斯柏：我自己也不知道。

瑪歌：你想太多了……你看，這裡有很多漂亮美眉。

賈斯柏：或許，但我不認識她們。我也不是那種會跟陌生人搭訕的人。

他們開始走在懸崖邊的步道上。

瑪歌：那天晚上的那個女孩，你認識她。你看到她會跟她打招呼嗎？

賈斯柏：會，如果她看我的話。然後呢？

瑪歌：如果你不試的話，你永遠也不會知道。

賈斯柏：我不太信這種說法，至少我是這樣想的。如果那個女生不是一開始就很喜歡我的話，我做的愈多就愈沒有用。

fais moins ça marche.

MARGOT : Avec moi c'est le contraire. Le premier garçon avec qui j'étais ne me plaisait pas tellement au début. S'il ne s'était pas donnée un peu de mal, ca n'aurait pas marche.

GASPARD : Mais ça n'a pas tenu ?

MARGOT : Ça a tenu trois ans... Avec l'autre, c'est moi qui me suis donné un peu de mal. C'est mieux. J'aime prendre l'initiative.

GASPARD : Moi aussi.

MARGOT : Qu'est-ce que tu racontes ? Tu viens de dire Le contraire.

GASPARD : Non, j'aime prendre l'initiative... Je me donne du mal quand je sens qu'il y a une possibilité, même infime. Ce qui n'empêche pas que je rêve d'être comme tous ces mecs qui ne se donnent aucun mal et qui tombent toutes les filles.

MARGOT : Crois-moi, ils se donnent du mal, même s'ils n'en ont pas l'air.

GASPARD : Et puis, il y a une espèce de mal que je ne veux absolument pas me donner.

MARGOT : Quoi ?

GASPARD : M'intégrer à un groupe.

MARGOT : Mais tu sais, Solène est une fille très indépendante.

GASPARD : Solène ? Ah oui, la fille de l'autre soir ? Tu la connais ?

MARGOT : Un peu. Elle est de Saint-Brieuc, comme moi.

7.

SAMEDI 29 JUILLET

Conte de Ete

瑪歌：我跟你相反。我開始並不是很喜歡我第一個男友，如果不是因為他很努力，我們不可能會在一起。

賈斯柏：但是沒維持下去？。

瑪歌：維持了三年……而另一個呢，則是我比較努力，那樣比較好。我喜歡採取主動。

賈斯柏：我也是。

瑪歌：你說什麼？這你剛才說的相反。

賈斯柏：不，我喜歡採取主動……當我覺得有機會的時候，即使微不足道，我也會努力。當然我也希望可以像其他男孩子一樣能不費吹灰之力就擄獲所有女孩子的心。

瑪歌：相信我，他們有努力的，雖然看起來沒有。

賈斯柏：而且，有一件事我絕對不願意做。

瑪歌：什麼事？

賈斯柏：加入團體。

瑪歌：可是你知道，蘇蘭是個很獨立的女孩子。

賈斯柏：蘇蘭？對了，那天晚上的女生？你認識她？

瑪歌：算是吧，她跟我一樣也是來自聖布立克。

選錄 7　　兩人在海邊相遇，蘇蘭邀賈斯柏出遊

7月29日　　星期六

Le matin, sur la plage, il croise Solène.

SOLÈNE : Bonjour !

GASPARD : Ah, tiens ! Bunjour, ça va ?

SOLÈNE : Tu n'aurais pas vu Ronan, par hazard ?

GASPARD : Qui ?

SOLÈNE : Ronan, un des mecs qui etait avec nous en boîte l'autre
soir. Un grand brun qui fait du canoë-kayak.

GASPARD : Non. De toute façon, je n'ai vu aucun de tes copains.
Ils ne descendent jamais aussi tôt.

SOLÈNE : Je sais, je sais... A vrai dire, je ne le cherche pas, je le fuis
plutôt.

GASPARD : Dans ce cas...

SOLÈNE : Disons que j'ai pas très envie d'aller avec eux
aujourd'hui. Et toi ? Qu'est-ce que tu fais ?

GASPARD : Je vais me baigner.

SOLÈNE : Tout seul ?

GASPARD : Ben...

SOLÈNE : Tu n'attends personne ?

GASPARD : Peut-être Margot. Mais je ne pense pas qu'elle vienne.
Le samedi, elle est très occupée.

SOLÈNE : Tu sais qu'on se connaît, elle et moi. On est toutes les
deux de Saint-Brieuc, C'est ta copine ?

GASPARD : Non, non. Je l'ai rencontrée la semaine dernière, au
restaurant.

SOLÈNE : L'un n'empêche pas l'autre.

Conte de Ete

早晨，在海邊，他遇到蘇蘭。

蘇蘭：早安！

賈斯柏：啊，是妳！早，妳好嗎？

蘇蘭：你不會碰巧有看到羅南吧？

賈斯柏：誰？

蘇蘭：羅南，那天晚上跟我們一起在舞廳的一個男生，棕色頭髮
的高個兒帥哥，會泛舟的那個。

賈斯柏：沒有，總之，我沒看到妳任何一個朋友。他們從來不會
這麼早來。

蘇蘭：我知道，我知道……老實說，我不是要找他，事實上我是
在躲他。

賈斯柏：這樣啊……

蘇蘭：其實我今天不是很想跟他們去。你呢？你要做什麼？

賈斯柏：我要去游泳。

蘇蘭：一個人嗎？

賈斯柏：嗯……

蘇蘭：你沒有在等人嗎？

賈斯柏：也許瑪歌吧，不過我想她不會來，她星期六很忙。

蘇蘭：你知道我跟她認識吧。我們倆都是從聖布立克來的。她是
你女朋友嗎？

賈斯柏：不，不是。我上星期在餐廳認識她的。

蘇蘭：剛認識並不表示她不是你的女朋友。

GASPARD : Dans ce cas si. On se voit parfois sur la plage, c'est tout.

SOLÈNE : Mais tu n'es pas tout seul ici ? Tu es chez tes parents ?

GASPARD : Non, même pas, ça t'étonne ? Une occasion, un ami m'a passé sa chambre et j'en profite. Mais c'est la première fois que je viens ici : je ne connais personne.

SOLÈNE : Sauf Margot. Je n'ai pas tellement envie de me baigner ici, ce matin. Si on allait à Saint-Malo ? J'ai une voiture, je t'emmène.

8.

Il se met à accorder la guitare, puis joue et sifflote en même temps.

GASPARD : Tu connais ?

SOLÈNE : Non, je vois pas.

GASPARD (*chantant*) : "Je suis une fille de corsaire, On m'appelle la flibustière"

SOLÈNE : Ah! Mais c'est une chanson de marin !

GASPARD : Tu ne la connais pas ?

SOLÈNE : Non, celle-là je ne vois pas. C'est joli. Continue si tu sais la suite.

GASPARD : Je la sais pour la bonne raison que c'est moi qui l'ai composée.

SOLÈNE : Non ?

GASPARD : Si, si. (*Il prend la partition dans son sac et la lui tend.*) Tiens, tu sais lire la musique ?

SOLÈNE : Oui, je me débrouille. J'as fait partie d'une chorale.

賈斯柏：但是她真的不是，我們只是有時在沙灘上碰面，如此而已。

蘇蘭：但你不是自己一個人在這裡吧？你住父母家嗎？

賈斯柏：不是，妳很驚訝嗎？剛好有個機會，一個朋友讓我住他的房間。不過這是我第一次來這裡，我誰都不認識。

蘇蘭：除了瑪歌。今天早上，我不太想在這裡游泳，我們去來聖馬洛，如何？我有車，我載你。

選錄 8　賈斯柏讓蘇蘭唱自己做的歌

他開始調吉他的音，然後彈著吉他，同時吹口哨應和著。

賈斯柏：妳知道這首嗎？

蘇蘭：不知道。

賈斯柏：《我是海盜的女兒。人們叫我海盜婆。》

蘇蘭：啊！這是水手歌！

賈斯柏：你沒聽過？

蘇蘭：沒聽過。真好聽，如果你知道歌詞的話就繼續唱呀。

賈斯柏：當然可以，這是我寫的。

蘇蘭：不會吧？

賈斯柏：是，是真的。（他從背包裡拿出樂譜給她）拿去，你會看譜嗎？

蘇蘭：會，我可以應付得來。我以前在唱詩班待過。

Elle déchiffre une première fois en fredonnant, Puis chante Presque sans hésitation.

9.

GASPARD : A Rennes. Je travaille avec un ami qui est poète. Si tu ne la trouves pas trop ringarde, je te la donne, parce que la fille pour qui je l'avais écrite, je ne pense pas que ça lui plaise.

SOLÈNE : Margot ?

GASPARD : Non. Une autre.

SOLÈNE : C'est ta copine ?

GASPARD : Si l'on peut dire.

SOLÈNE : Si l'on peut dire ? Alors laisse-la tomber.

GASPARD : C'est bien ce que je vais faire, si...

SOLÈNE : Si quoi ?

GASPARD : Si elle ne rentre pas. Elle est partie en voyage, elle ne m'a même pas écrit.

SOLÈNE : Elle est où ?

GASPARD : En Espagne.

SOLÈNE : Avec un mec ?

GASPARD : Non, quand même. Avec sa soeur.

SOLÈNE : Elle rentre quand ?

GASPARD : Elle devrait être ici depuis huit jours.

SOLÈNE (*s'allongeant sur lui*) : Oh ! Alors raison de plus pour la laisser tomber !

Il l'enlace et la caresse.

Conte de Ete

第一次她輕輕地哼唱，然後可以豪不猶豫地唱。

選錄 9　　賈斯柏和蘇蘭談到自己在等待的女孩

賈斯柏：在漢恩我跟一個詩人朋友合作。如果妳不覺得太過氣的
　　　　話，我就把這首送給妳，反正我覺得我要送的那個女孩子
　　　　也不會喜歡。

蘇蘭：瑪歌？

賈斯柏：不，是別人。

蘇蘭：是你女朋友？

賈斯柏：如果可以這麼說的話。

蘇蘭：「如果可以這麼說的話」？那乾脆甩了她吧。

賈斯柏：我就是要這樣做，如果……

蘇蘭：如果什麼？

賈斯柏：如果她沒回來的話。她去旅行，也還沒寫信給我。

蘇蘭：她在哪裡？

賈斯柏：西班牙。

蘇蘭：跟男生在一起？

賈斯柏：不，還不至於。她是跟她姊姊去。

蘇蘭：她何時回來？

賈斯柏：她八天前就該到這裡了。

蘇蘭（她躺在他身上）：啊！又多一個分手的理由！

他摟著她並輕輕撫摸她。

GASPARD : C'est ce que je fais pratiquement. Et toi, tu as un mec ?

SOLÈNE : J'en ai deux. J'ai laissé tomber le premier la semaine dernière et l'autre aujourd'hui.

10.

Tandis qu'elle change de vêtements. Il s'approche d'elle, l'embrasse, la caresse, mais elle y met le holà.

GASPARD : Je parie que tu n'es jamais allée à Ouessant.

SOLÈNE : Non, j'aimerais bien... On y va ?

GASPARD : Euh ! ...

SOLÈNE : Je t'emmène. j'ai des copains à Brest qui pourront nous loger. Même si tu es fauché.

GASPARD : Ce n'est pas une question d'argent.

SOLÈNE : Alors ?

GASPARD : Laisse-moi réfléchir.

SOLÈNE : Réfléchir à quoi ? Tu as peur de ta copine ? Elle n'est pas là.

GASPARD : Elle peut rentrer.

SOLÈNE : Dans ce cas, à toi de choisir. Et tout de suite ! Je ne veux pas être la remplaçante. C'est oui ou non maintenant... Alors ?

GASPARD : Attends !

SOLÈNE : Non... 1, 2, 3.

GASPARD : Bon, disons oui.

SOLÈNE : Pas 《disons oui》. Oui, tout court.

GASPARD : Oui. Tout court.

Conte de Ete

賈斯柏：其實我現在就是這麼做的。那妳呢？你有男朋友嗎？

蘇蘭：我有兩個。上星期我甩了第一個，今天又甩了另一個。

選錄10　蘇蘭約賈斯柏去威松島

她在換衣服的時候，他走近她，親她，撫摸她，但被她制止。……

賈斯柏：我賭你從沒去過威松島。

蘇蘭：沒有，但我蠻想去的……我們一起去吧？

賈斯柏：呃……

蘇蘭：我帶你去。我在布列斯特有朋友，可以讓我們借住，就算你沒錢，也沒問題。

賈斯柏：錢不是問題。

蘇蘭：那是什麼？

賈斯柏：讓我考慮一下。

蘇蘭：考慮什麼？你怕你女朋友嗎？她又不在這裡。

賈斯柏：她可能會回來。

蘇蘭：那由你決定，但是要快！我不想當替代品。要或不要，趕快決定……怎樣？

賈斯柏：等一下！

蘇蘭：不，一、二、三！

賈斯柏：好吧。

蘇蘭：不要 "好吧"，好就好，不要拖拖拉拉。

賈斯柏：好，不拖拖拉拉。

SOLÈNE : Oui ?

GASPARD : Oui, je dis oui.

SOLÈNE : C'est bien d'accord ?

GASPARD : Ben oui ! Oui, oui.

SOLÈNE : Parce que, si tu te défiles, inutile qu'on se revoie.

GASPARD : C'est encore un de tes principes ?

SOLÈNE : Et, pour celui-là, pas d'exception non plus.

11.

LUNDI 31 JUILLET

L'après-midi, Gaspard va retrouver Margot à la crêperie.

MARGOT : Bonjour. Alors mon coquin ?

GASPARD : Tu avais raison, elle est très sympa.

MARGOT : Sympa seulement ?

GASPARD : Entre autres choses.

MARGOT : Alors, te voilà rassuré ?

GASPARD : Rassuré sur quoi ?

MARGOT : Sur l'existence des filles sympa. Sur ta propre existence, comme tu disais.

GASPARD : Oui, pour s'en tenir à ce point de vue.

MARGOT : Ça te laisse tout rêveur.

GASPARD : Bon, qu'est-ce qu'on fait ?

MARGOT : Tu ne veux pas en parler ? Je comprends. Mais tu veux bien qu'on continue à se voir quand même ?

蘇蘭：好？

賈斯柏：對，我說好了。

蘇蘭：你確定？

賈斯柏：對啦！好，好。

蘇蘭：你要是爽約，我們就到此為止。這件事我不會妥協的。

賈斯柏：這又是妳的另一個原則嗎？

蘇蘭：在這一點，也不例外。

選錄11　瑪歌和賈斯柏談到蘇蘭，瑪歌笑說自己是蘇蘭的替代品

7月31日　　星期一

下午，賈斯柏去可麗餅店找瑪歌。

瑪歌：你好，我的大情聖怎麼樣啦？

賈斯柏：妳說的對，她人很好。

瑪歌：只是很好而已嗎？

賈斯柏：還有別的啦。

瑪歌：那你可以放心了吧？

賈斯柏：放心什麼？

瑪歌：關於有好女孩存在，關於你自己的存在，就像你說的。

賈斯柏：對，我對這種存在很放心。

瑪歌：我們剛才說的話會讓你多想想。

賈斯柏：好了，我們要幹嘛？

瑪歌：你不想談這個嗎？我了解。我還想繼續跟我見面嗎？

GASPARD : Tu es folle ! De toute façon, elle n'est pas là de la semaine.

MARGOT : C'est ça. Je suis la remplaçante. Et même la remplaçante de la remplaçante. Tu es bien organisé, toi !

12.

GASPARD : Alors, j'ai pris une décision. Si Léna n'est pas rentrée avant la fin de la semaine, je pars avec Solène pour Ouessant.

MARGOT (*songeuse*) : Ah, oui ?

GASPARD : Oui. Elle a très envie d'y aller !

MARGOT : Ben mon petit vieux tu te couvres ! Si ce n'est pas l'une, ce sera l'autre.

GASPARD : Non, ne dis pas ça !

MARGOT : Finalement pour toi, toutes les filles sont équivalentes.

GASPARD : Mais je te dis le contraire !

MARGOT : Tu me déçois. Je ne t'aurais jamais cru capable de te laisser embobiner par une fille aussi vulgaire.

GASPARD : Elle n'est pas vulgaire ! C'est toi qui m'a jeté dans ses bras.

MARGOT : Alors ça, c'est le comble ! Tu n'as même pas le courage de tes opinions !
(*Il lui prend le bras, elle se dégage.*) J'avais bien raison de parler de remplaçante ! Tu me dégoûtes. Tu es comme tous les mecs : tu ne vois pas plus loin que ta petite vanité, tu ne prends pas de risques. Il suffit qu'une fofolle te tombe dessus, pour que tu te prennes pour le roi des tombeurs. Je me damande vraiment ce que je fais avec toi !

賈斯柏：妳瘋啦！更何況她這禮拜不在。

瑪歌：就是這樣，我是替代品，甚至是替代品的替代品。你還真
　　會安排！

選錄12　　賈斯柏和瑪歌發生爭執

賈斯柏：我決定了，如果蓮娜週末前不回來的話，我就和蘇蘭一
　　起去威松島渡假。

瑪歌（想得出神）：噢，是嗎？

賈斯柏：是的，她很想去那兒！

瑪歌：嗯，你這個小子想得還真周到。如果這個不行，還有另一
　　個！

賈斯柏：不，別這麼說！

瑪歌：對你來說，到頭來所有的女孩都沒差別。

賈斯柏：但是我說的跟妳說的剛好相反！

瑪歌：你讓我很失望。我實在不能相信你竟然會被一個如此庸俗
　　的女孩迷住。

賈斯柏：她不庸俗！是妳把我推到她懷裡的。

瑪歌：你這樣說，實在太過分了！你連面對自己想法的勇氣都沒
　　有！
　　（他抓住她的手臂，她甩開他。）我說我是替代品一點都沒
　　錯！你讓我覺得噁心。你和所有的男人一樣，自負又不願
　　意冒險。只要那些瘋瘋癲癲的女孩不小心對你拋個媚眼，
　　你就以為自己是大情聖。我真不知道自己跟你在一起做什
　　麼！

Elle s'éloigne en courant.

GASPARD (*la poursuivant*) : Mais enfin Margot ! Margot ! Margot ! Tu déformes tout ce que je dis !

Il la rattrape.

MARGOT : Je ne déforme rien du tout ! J'ai bien entendu...
(*Il lui attrape le bras. Elle se débat. Il y a une brève lutte.*)
Mais lâche-moi un peu !

13.

GASPARD : Parce que je veux que tu saches que je n'ai pas proposé à Solène d'aller à Ouessant. C'est arrivé comme ça dans la conversation, il ne me serait jamais venu à l'idée de le proposer à deux filles à la fois.

MARGOT : A deux filles ? A trois : tu m'oublies.

GASPARD : Mais c'était pour rire !

MARGOT : Ah oui ! Avec les autres, c'était sérieux, mais avec moi c'est pour rire. L'amitié, c'est pour rire, mais la bagatelle, ça c'est sérieux.

GASPARD : Tu n'es pas libre !

MARGOT : Qu'est-ce que tu en sais ? Au resto, je peux me trouver une remplaçante du jour au lendemain.

GASPARD : Bon, bon, allons-y alors !

MARGOT : Tu serais bien embêté, si je disais oui !

GASPARD : Non, parce que je me suis mis dans une situation tout à fait inextricable.

MARGOT : Compte pas sur moi pour la débrouiller.

Conte de Ete

（她跑開）

賈斯柏（追她）：等等，瑪歌！瑪歌！瑪歌！你曲解我說的意思
了！

他追上她。

瑪歌：我一點都沒誤會！我聽得非常清楚⋯⋯
（他拉著他的手臂。她掙脫。兩人間有短暫衝突。）

放開我！

選錄13　賈斯柏對瑪歌解釋自己的「混亂」

賈斯柏：因為我希望你能了解，我並沒有邀請蘇蘭一同前去威松
島。這情況就在談話間很自然的發生了，我從沒有想過同
時邀請二個女孩一起去。

瑪歌：二個女孩？是三個吧，你把我漏掉了。

賈斯柏：我是在開玩笑！

瑪歌：啊，沒錯！和別人都是認真的，和我卻是開玩笑。友誼可
以開玩笑，而男女間的 "小事"卻很認真。

賈斯柏：因為你沒空啊！

瑪歌：你又知道什麼了？我隨時可以在餐廳找到其他代班的人。

賈斯柏：好，好，我們走吧！

瑪歌：如果我答應的話，你就會很煩惱了！

賈斯柏：不會的，因為我讓我自己處於一種完全混亂的情況中。

瑪歌：可別指望我可以幫你脫身。（她從岩石上站起來。他跟在

(Elle se lève du rocher sur lequel elle s'était assise. Il la suit. Elle le regarde, lui sourit.)
On fait la paix ? Excuse-moi. J'ai des réaction très imprévisible. *(Elle se serre contre lui et lui caresse le visage.)* Et surtout n'en tire pas des conclusions. Ce n'est pas parce qu'on est amie avec un garçon qu'on ne serait pas aussi susceptible que si on en est amoureuse. Je m'étais fait une certaine idée de toi, c'est tout. Il faut que je m'habitue.

14.

MARDI 1ᴱᴿ AOÛT

Le matin, Gaspard reçoit un coup de téléphone de Margot qui lui dit qu'elle ne pourra pas venir l'après-midi, car elle doit conduire sa tante à Saint-Malo, pour des achats.
Gaspard se rend seul à Saint-Lunaire, à bicyclette. Sur la plage, une fille l'appelle : c'est Léna.

LENA : Gaspard !

Elle court vers lui. Ils s'embrassent.

GASPARD : Je pensais que tu ne viendrais plus, tu es la depuis quand ?

LENA : Je viens d'arriver. Je voulais t'appeler.

GASPARD : Tu as reçu ma lettre ?

LENA : Oui, mais seulement quand je suis rentrée à Rennes.

LENA : Quand est-ce qu'on va à Ouessant ?

GASPARD : Quand tu veux. Demain ?

LENA : Tu plaisantes ? Je viens à peine d'arriver.

GASPARD : Avant lundi, en tout cas. Après c'est trop tard.

後面。她笑著看著他。）

我們合好好嗎？對不起。我的反應是無法被預期的。（她
抱著他，用手撫摸他的臉龐。）不要隨便下結論。這並不
是因為我是跟男生做朋友，就算是跟男的朋友在一起，也
可能會像跟男朋友一樣容易生氣。我讓自己把你想成某種
樣子，就是這樣。我必須自己學著習慣。

選錄14　賈斯柏終於遇到蓮娜

八月一日，星期二

早上，賈斯柏接到瑪歌的電話，告訴他今天下午她無法過去
找他，因為她必須開車載她的姨媽去聖馬洛買東西。賈斯柏
就獨自騎著腳踏車到聖路乃爾。在海灘上，有個女孩叫他，
正是蓮娜！

蓮娜：賈斯柏！

她跑向他，兩個人互相親吻臉頰。

賈斯柏：我以為妳再也不回來了，什麼時候到的？

蓮娜：我剛回來。我打算打電話給你。

賈斯柏：妳收到我的信了嗎？

蓮娜：有，但是我回到漢恩的時候才收到。……

蓮娜：我們什麼時候去威松島？

賈斯柏：妳想什麼時候去，明天？

蓮娜：你在開玩笑嗎？我才剛到這裡。

賈斯柏：無論如何要在星期一之前。之後就太晚了。……

LENA : Oh oui ! Il faut absolument qu'on aille là-bas.

Elle s'approche de lui, l'enlace et chante, les yeux fixes sur l'horizon.
《Je pars pour de longs mois, laissant Margot, Hissez haut ! Santiano ! D'y penser j'avais le Coeur gros, en doublant les feux de Saint-Malo.》

GASPARD (*essayant de dissimuler son étonnement*) : Qu'est-ce que tu chantes ?

LENA : Santiano. Tu connais pas ?

GASPARD : Si, si. Bien sûr, oui.

LENA : C'est de circonstance, regarde ! On voit un petit peu, dans la brume, Saint-Malo, là, juste dévant.

GASPARD : Ah, oui.

Ils remontent vers la digue.

LENA : Tu ne devais pas m'écrire une chanson de marin ?

GASPARD : Si. Mais ce n'est pas encore au point...

LENA : Fais vite ! Avant que je parte.

15.

GASPARD : Mais je ne cherche pas à me rendre intéressant : je veux qu'elle s'intéresse à moi d'elle-même. D'ailleurs, actuellement, mon problème n'est pas là. Ce n'est pas de savoir si elle m'aime, mais de savoir si, moi, je l'aime. (*Margot s'assoit dans l'herbe.*) Même quand nous étions si bien mardi, c'était trop beau, ce n'était pas vrai. Je n'étais pas moi. (*Gapard s'assoit à son tour, non loin d'elle.*) Je vais te dire une chose qui va te faire plaisir. Il n'y a qu'avec toi que je suis moi. Avec Solène non plus, je ne me suis pas senti moi-même: j'étais comme dans un voyage, ou plutôt comme voyageant

蓮娜：哦，沒錯！我們一定要去那裡。

她靠近他，摟著他唱歌，眼睛凝視著海平面。《我留下瑪歌，離開一段長時間，揚帆！聖提安諾！想到這兒，我的心情就沉重，將聖馬羅的燈塔錯看成二個。》

賈斯柏（試著掩飾他的驚訝）：妳在唱什麼？

蓮娜：聖提安諾。你不知道嗎？

賈斯柏：知道，當然知道。

蓮娜：這麼巧合，你看！我們可以在薄霧中看到聖馬洛，那裡，就在前面。

賈斯柏：啊，真的。

他們站起來往堤防的方向走。

蓮娜：你不是要寫一首關於水手的歌給我嗎？

賈斯柏：啊，對。但現在還沒有靈感……

蓮娜：要快！在我離開前完成。

選錄15　賈斯柏和瑪歌談到自己與三個女孩不同的關係

賈斯柏：但我希望她是主動的喜歡上我，而不是由我想辦法去吸引她。此外，我目前的問題不是這個。我的問題不在於知道她是否愛我，而是我到底愛不愛她。（瑪歌坐在草地上。）星期二那天那麼美好，簡直太好了，不可能是真的，而我並不是我。（賈斯柏坐在她的不遠處。）我告訴妳一件會讓妳高興的事，我只有和妳在一起的時候，才覺得我是我。和蘇蘭在一起時，我不曾感覺到我自己：我好像在旅行，或可以說像是在故事中旅行。好像是在試著把自己認定成一個不是我自己的人物。

dans une histoire. Comme essayant de m'identifier à un personnage qui n'est pas moi.

MARGOT : Et avec Léna ?

GASPARD : Je joue aussi un personnage que je me suis fabriqué pour elle, pour faire face à son ironie. Elle m'y oblige. Elle me voit d'une certaine manière et, que j'accepte ou refuse, je dois sortir de moi.

MARGOT : Avec moi, non plus, tu n'es jamais le même. Je ne cesse de changer d'avis sur toi. Au debut je t'avais pris pour un amoureux transi, puis pour un dragueur maladroit, puis pour plus malin que tu ne le paraissais, puis pour coquin plutôt, puis pour, pas si coquin que ça, brave au fond, mais malin quand même.

GASPARD : Il y a de ça ! Alors avec moi tu ne te sens pas à l'aise ?

MARGOT : Si, tout à fait bien.

GASPARD : Tu te sens toi-même ?

MARGOT : Oui. Il y a là rien d'extraordinaire. C'est plus facile d'être soi-même avec un ami qu'un amoureux, parce qu'il n'y a pas de comédie à jouer.

GASPARD : Finalement, je ne crois pas que ce soit tellement intéressant d'aller à Ouessant pour un voyage d'amour.

MARGOT : A mon avis, non.

GASPARD (*se rapprochant d'elle*) : Alors, viens avec moi.

MARGOT (*l'enlaçant*) : Encore! Et mon travail, qu'est-ce pue tu en fais ?

GASPARD : Tu peux te libérer, tu disais.

瑪歌：那和蓮娜在一起的時候呢？

賈斯柏：我也是在扮演一個為她而製造的角色，為了面對她的嘲諷。她迫使我這樣做。她以某種方式看待我，而不論接受與否，我都必須脫離原來的自我。

瑪歌：和我在一起的時候，你也不是你，你一直改變。我不斷地改變對你的看法。剛開始我認為你是一個癡情的愛人，後來覺得你是笨拙的花花公子，然後又發現你似乎比你看表面上起來更機靈，之後則是狡猾，最後我發現你並不是那麼狡猾，倒像是個濫好人，不過還是挺機靈的。

賈斯柏：這就是了！那麼和我在一起，你覺得不自在嗎？

瑪歌：沒有啊，我覺得很好。

賈斯柏：妳覺得這是妳自己嗎？

瑪歌：是。和你在一起沒有什麼特別的。與朋友相處比和愛人相處時比較容易做自我，因為我們不需要演戲扮演別人。

賈斯柏：總之，我並不認為去威松島進行一趟愛之旅是那麼有趣。

瑪歌：我覺得不會有趣。

賈斯柏（走近她）：那麼，妳和我一起去？

瑪歌（摟著他）：又來了！我的工作怎麼辦？

賈斯柏：妳說過妳可以抽身的。

MARGOT : Peut-être, mais tu as promis à d'autres ? Elles n'not pas refusé.

GASPARD : Eh bien, moi, je les refuse. C'est toi que je choisis. J'ai envie de tout sacrifier pour toi.

MARGOT : Mais moi, je veux que tu ne me sacrifies rien.

GASPARD : Je ne te sacrifie rien, en fait. Elles vont toutes les deux se défiler. C'est l'idee d'etre remplacante qui te gêne ?

MARGOT (*se laissant aller contre lui*) : Non, je suis au-dessus de tout ça. Tu vois, j'ai envie d'aller à Ouessant. J'ai envie de prendre l'air, de quitter ce restaurant au moins quelques jours. J'ai envie de passer quelques journées entières avec toi, même si c'est risqué. Mais ce serait pour toi qu'un pis-aller, et je ne veux être à aucun prix un pis-aller. Plus tard, si ça n'a pas marché. En hiver : c'est la meilleure saison.

Ils s'embrassent. Elle rit, tout en essuyant une larme.

GASPARD : Qu'est-ce qu'il y a ? Tu pleures ?

MARGOT : Non, je ris.

GASPARD : Pourquoi ?

MARGOT (*se dégageant*) : Parce que ça me fait rire ta situation. Tu es comme un clochard qui se réveille milliardaire. Trois filles en même temps, tu ne crois pas que c'est un peu beaucoup ?

16.

SAMEDI 5 AOUT

A dix heures, Gaspard retrouve Solène, le long de la Rance, audessus de l'aquarium.

GASPARD : Ça va ?

Conte de Ete

瑪歌：或許，但你已經答應其他人了？她們並沒有拒絕你。

賈斯柏：好，那我就拒絕她們。我選擇妳，我想爲了妳犧牲。

瑪歌：但我並不希望你爲我犧牲任何事。

賈斯柏：事實上，我並沒有爲妳犧牲任何事。她們兩個將都會放我鴿子。妳是因爲不想成爲替代品而困擾嗎？

瑪歌（靠在他身上）：不是這樣的，我一點都不覺得困擾。你知道我想去威松島，我想呼吸新鮮空氣，至少離開餐廳幾天，我想和你在一起幾天，雖然這樣很冒險。但我可能是你不得已的選擇，而我不想變成人家不得已的選擇。如果這次去不成的話，晚一點再去，冬天是最好的季節。

他們擁抱在一起。她一邊笑一邊哭。

賈斯柏：怎麼了？妳在哭嗎？

瑪歌：不是的，我在笑。

賈斯柏：爲什麼？

瑪歌（離開他的懷抱）：因爲你的情況讓我想笑。你就像個突然一夜致富的流浪漢。同時與三個女生交往，你不覺得有點太多了嗎？

選錄16　賈斯柏和蘇蘭爲了去不去威松島而鬥嘴

8月5日　　星期六

十點，賈斯柏與蘇蘭在海洋館上面的木頭舢板碰面。

賈斯柏：妳好嗎？

SOLÈNE : Ça va. Mais je te préviens tout de suite que je n'ai plus de voiture, j'ai bousillé la mienne. Alors on ira en train. Ça doit faire dans les deux cents balles par personne. On partage, d'accord ?

GASPARD : Malheureusement j'ai un petit problème avec Ouessant.

SOLÈNE : Avec Ouessant ?

GASPARD : Oui. J'avais déjà promis à quelqu'un d'autre.

SOLÈNE : A qui ? A ta copine ? Fallait me le dire. Si tu veux y aller avec elle, je m'en vais, au revoir.

GASPARD : Je n'ai plus envie, même si elle le voulait. La question n'est pas là. C'est une question de principe. Tu as des principes, moi aussi.

SOLÈNE : Drôles de principes !

GASPARD : Si j'allais à Ouessant avec un copain ou une copine-copine, ça ne me gênerait pas. Mais avec toi, c'est pas pareil. Je préférerais aller ailleurs.

SOLÈNE : Je ne vois pas la différence.

GASPARD : Tu sais, je l'avais proposé à une autre fille... A Margot, parce que ce n'est qu'une amie.

SOLÈNE : Eh bien, mon petit vieux, tu ne perds pas de temps ! Me voilà en troisième position ! Moi qui te croyais naïf !

GASPARD : Vas-y. Dis que je suis cynique.

SOLÈNE : Cynique ? Ah non ! Si quelqu'un n'est pas cynique, c'est bien toi. Tu as plutôt l'esprit tordu ! Si tu avais promis à Margot, je comprendrais. L'amitié, c'est sérieux, peut-être même plus que l'amour. Bon. Assez parlé ! Réponds à ma

Conte de Ete

蘇蘭：還好。但我必須先告訴你我沒有車，我的車拋錨了。我們搭火車去吧。每個人大概只要花個二百多元就可以了。我們兩個一起分攤這費用，可以嗎？

賈斯柏：不幸的是，我們的威松島之行有點小問題。

蘇蘭：威松島之行有變動？

賈斯柏：沒錯。我已經答應另一個人了。

蘇蘭：誰？你的女朋友？你必須告訴我。如果你決定和她去，我就走了，再見。……

賈斯柏：我不再想要去了，即使她想去。問題不在這，而是原則的問題。妳有妳的原則，我也有我的。

蘇蘭：可笑的原則！

賈斯柏：如果我是和朋友或是女性的朋友去威松島，這並不會困擾我。但如果是跟妳，我寧願去其他地方。

蘇蘭：我看不出來有什麼差別。

賈斯柏：妳知道我已經邀請了另一個女孩一起去……是瑪歌，因為她只是個朋友。

蘇蘭：很好，我的小老兄，你一點也不浪費時間！我是第三者了！我覺得你太天眞了！

賈斯柏：妳就直接說我是個刻薄的人好了。

蘇蘭：刻薄的人？不是的！如果說有人不刻薄的話，就是你了。你只是個很複雜的人罷了！如果你已經答應瑪歌，我可以了解。友誼對你而言或許比愛情重要。好了，說夠了！回答我的問題：我們是去還是不去？

question : on y va ou pas ?

GASPARD : Si tu ne veux vraiment pas aller ailleurs...

SOLÈNE : Oh ! Quelle tête de mule ! Tu veux y aller ou non ? Aller
à Ou-es-sant ?

GASPARD : Oui, puisque tu y tiens.

17.

DIMANCHE 6 AOUT

*Dans l'appartement, Gaspard, qui est en train de jouer de la guitare
s'arrête pour regarder son réveil. Il est 14 heures 35. Il reprend et, peu
après, le téléphone sonne.*

GASPARD : Allô !

VOIX DE LENA : Ah, tu es là ?

GASPARD : Oui, bien sûr... Ah, c'est toi Léna ?

VOIX DE LENA : Tu croyais que c'était quelqu'un d'autre ?

GASPARD : Non, non. Mais tu n'es pas à Jersey ?

VOIX DE LENA : En ce moment, oui. Mais je prends le bateau
dans une heure. Tu as raison, si on veut aller à Ouessant, il
vaut mieux partir demain.

GASPARD : Mais je pensais que tu ne voulais plus y aller.

VOIX DE LENA : Qu'est-ce que tu racontes ? J'ai plus envie que
jamais... Tu m'entends?

GASPARD : Oui, oui, je t'entends. Alors ?

VOIX DE LENA : J'espère que tu ne m'en veux pas pour l'autre
jour. J'étais de mauvaise humeur, mais maintenant, je te
promets d'être d'un caractère d'ange. Tu ne me crois pas ?

Conte de Ete

賈斯柏：如果妳真的不想去其他地方的話⋯⋯

蘇蘭：喔！怎麼有這麼固執的人！你要去或不去？去威-松-島？

賈斯柏：好吧，既然妳要堅持去。

選錄17　　賈斯柏徘徊在女生中，但是⋯⋯

8月6日　　星期日

在公寓裡，賈斯柏正彈著吉他，停下來看了一眼鬧鐘。時間是14點35分。然後他又繼續彈吉他，沒多久，電話鈴聲響了。

賈斯柏：喂？

女聲：啊，你在啊？

賈斯柏：當然了⋯⋯啊，妳是蓮娜嗎？

蓮娜的聲音：你以為是別人嗎？

賈斯柏：不，不是的。但妳不是在澤西島嗎？

蓮娜的聲音：現在是啊。但待會兒我就去搭船了。你說的沒錯，如果我們要去威松島，最好是明天就出發。

賈斯柏：我還以為妳不想去了。

蓮娜的聲音：你在說什麼？我沒有比現在更想去了⋯⋯你有聽到我嗎？

賈斯柏：有，有，我在聽。所以呢？

蓮娜的聲音：我希望你不要告訴我說我們改天再去。那天我的脾氣不好，但現在，我保證我會像天使一樣。你不相信我嗎？

GASPARD : Si, si...

VOIX DE LENA : J'ai envie de te voir ce soir. Dînons ensemble...
Zut ! Je n'ai plus de pièces... Tu m'entends ?

GASPARD : Oui, mais... Heu...

VOIX DE LENA : Bon alors, à la Potinière, à huit heures et demie...

La communication est coupée. Gaspard raccroche et reste debout dans la pièce, à réfléchir. Quelques instants plus tard, nouvelle sonnerie.

GASPARD : Allô.

VOIX FÉMININE : Gaspard ?

GASPARD : Oui, c'est moi.

VOIX DE SOLÈNE : Et moi, c'est moi. (*Elle rit.*) Je t'ai appelé à l'instant, mais c'était occupé.

GASPARD : Tes visites se sont bien passées ?

VOIX DE SOLÈNE : Oui, mais ce n'est pas fini. Et ce soir, il faut absolument que j'aille à une fête. Viens avec moi.

GASPARD : A Dinard ?

VOIX DE SOLÈNE : Non, à Saint-Malo. On pourra dormir chez mon oncle. Tu prends tes affaires. Rendez-vous à huit heures chez lui (*à la cantonade*) Oui, oui ! J'arrive ! ... On m'appelle... Je t'embrasse.

Elle raccroche. Il se leve, s'appuie contre la cheminée, perplexe. Il sort sur le palier, s'adosse à la rampe et continue à réfléchir un moment. Il va de nouveau au téléphone et fait un numéro.

GASPARD : Allô ! Pourrais-je parler à Margot... Elle est en cuisine ?
... Ne la dérangez pas. C'est Gaspard... Vous pouvez lui dire de me rappeler le plus tôt possible ?

賈斯柏：相信，相信……

蓮娜的聲音：我今晚想見你。我們一起吃飯吧…該死！我已經沒有銅板了……你聽得到嗎？

賈斯柏：聽得到，但……さ……

女聲：那好，在波提尼耶，八點半見……

通話中斷。賈斯柏掛上電話，站在房間裡若有所思。稍後，鈴聲再度響起。

賈斯柏：喂？

女聲：賈斯柏？

賈斯柏：對，是我。

蘇蘭的聲音：而我是我。（她笑了起來。）我剛打電話給你，但是忙線中。

賈斯柏：妳玩得高興嗎？

蘇蘭聲音：高興，可是還沒結束。今晚我得去個派對，你跟我去吧。

賈斯柏：在蒂納？

蘇蘭的聲音：不，在聖馬洛，我們可以在我叔叔家過夜。你收拾一下行李，我們八點鐘在他家見面（高喊著）好，好！我來了！……有人在叫我了……親一下。

她掛斷電話。他站起身，靠著壁爐，茫然不知所措。他走到陽台，背靠著欄杆繼續思考了一會兒。他再次走向電話撥了一個號碼。

賈斯柏：喂？麻煩請找瑪歌聽電話……她在廚房？……不要打擾她。我是賈斯柏……您可不可以請您告訴她儘早回電給我？

A peine a-t-il raccroché que le téléphone sonne de nouveau.

VOIX MASCULINE : Allô Gaspard ? Salut, c'est Thierry, ça va ? Bon, finalement j'ai quelque chose pour toi. Tu sais, le magnéto, le magnéto huit pistes dont je t'avais parlé. Le type veut bien le vendre et c'est vraiment une affaire. Donc il peut te faire trois mille tout de suite et le reste dans six mois.

GASPARD : Ah, oui ! Ben, c'est parfait ! Avec ce que j'ai mis de côté et ce que je gagnerai le mois prochain, ça va. Juste, mais ça va.

VOIX DE THIERRY : Seulement, dans ce cas, tu comprends, faut faire vite. Il faut absolument que tu sois là demain matin à La Rochelle.

GASPARD : Demain matin ? C'est que... Non, finalement ça va. Ça tombe même très bien... Je pars tout de suite. Merci.

18.

A l'embarcadère, Gaspard fait ses adieux à Margot.

GASPARD : Au fond,si je me suis laissé faire par Solène, c'est parce que j'étais persuadé que Léna me filerait entre les doigts au dernier moment. Et quand J'ai vu Qu'elle rentrait de Jersey exprès pour ça, j'ai eu honte.

MARGOT : C'est bien fait pour toi. Tu n'avais qu'à pas courir deux lièvres à la fois.

GASPARD : Trois.

MARGOT : Tu me comptes maintenant. Merci.

GASPARD : Et puis au téléphone, ce n'est pas tellement facile de se décider.

MARGOT : Alors, tu pars sans rien dire ?

Conte de Ete

他一掛電話,電話又響了。

男聲:喂,賈斯柏?嗨,我是提耶里,你好嗎?嘿,我終於有東
　　　西給你了。你知道,我跟你說過的八軌錄音機,那傢伙真
　　　想要賣,這真的是個物美價廉的交易。總而言之,他可以
　　　讓你先付三千,餘款六個月以後付清就可以了。

賈斯柏:啊,是嘛!那太好了!我最近存的加上下個月的薪水,
　　　就可以了。勉強剛好,但沒問題。

提耶里的聲:只是,這種情形下,你知道,要盡快行動。你明天
　　　早上一定要到拉侯榭。

賈斯柏:明天早上?這……沒關係,可以的。事實上這樣正好…
　　　…我馬上出發,謝了。

選錄18　　賈斯柏與瑪歌告別

在碼頭邊,賈斯柏與瑪歌道別。

賈斯柏:其實,如果我會遷就蘇蘭,那是因為我確信蓮娜會在最
　　　後一刻改變主意,讓我失望,但當我發現她特地為了這個
　　　從澤西島回來時,我感到很羞愧。

瑪歌:你活該!你腳踏兩條船。

賈斯柏:三條。

瑪歌:現在你可把我給算進去了。謝了。

賈斯柏:況且在電話中下決定不是那麼容易的。

瑪歌:所以你要不告而別?

GASPARD : Je leur écrirai.

MARGOT : Et tu leur diras quoi?

GASPARD : La vérité. Que j'ai eu une occasion de magnéto huit pistes et que la musique passe avant tout. Ce sont des filles bien : elles comprendront.

MARGOT : Et s'il n'y avait pas eu la musique, tu aurais fait quoi ?

GASPARD : Alors là, je ne sais vraiment pas ! C'est la première fois de ma vie que je me retrouve dans une situation de ce genre. Jusqu'alors les choses s'étaient tranchées d'elles-mêmes. Eh bien, cette fois encore, ça se tranche de soi-même. Comme ça, on pourra aller à Ouessant, tranquillement, tous les deux, quand tu voudras.

MARGOT : Ah ! Je ne t'ai pas dit ? Ce n'est plus possible. J'ai reçu hier une letter de mon copain. Il rentre en septembre. Alors j'irai avec lui. Il avait très envie d'y aller lui aussi. Je suis désolée.

GASPARD : Tu vois, j'avais raison, quand je disais qu'il m'arrivait jamais rien, même de faire une balade innocente avec une fille. C'est mon destin.

MARGOT : Non, c'est parce que tu l'as bien cherché.

GASPARD : Mais non !

MARGOT : Mais si ! Tu méditeras là-dessus... Bon... Faut y aller (*Ils se dirigent vers le bateau.*) Tu sais, je vais de temps en temps à Rennes. On poura se revoir. Bonne chance pour tout !

GASPARD : Je n'oublierai jamais nos promenades.

MARGOT : Moi non plus.

Conte de Ete

賈斯柏：我會寫信給她們。

瑪歌：然後跟她們說什麼？

賈斯柏：實話。說有個八軌錄音機的好機會，而音樂勝過一切。
兩個都是善解人意的女孩，她們會了解的。

瑪歌：但如果沒有音樂的事，你會怎麼辦？

賈斯柏：果真如此，我還真的不知道！這還是我這一生中第一次
發生這種情況。一直到現在，事情總會迎刃而解；而這一
次也是一樣，船到橋頭自然直。這樣，我們就可以安心地
去威松島，就我們兩個，看妳什麼時候想去。

瑪歌：啊！我沒告訴你嗎？那已經不可能了。我昨天收到我男朋
友的來信，他九月回來。所以我會和他去。他也非常想去
那裡。對不起！

賈斯柏：妳看吧，我說得沒錯，我說過我總是會撲個空。即使只
是單純要和一個女孩出去走走都不成。這是我的宿命。

瑪歌：不是的，那是因為你自找的。

賈斯柏：才不是！

瑪歌：就是！關於這件事情你再好好想想吧……好了……你該走
了（他們朝船的方向走近。）你知道的，我有時會去翰
恩，我們可以再見面。祝你一切順利！

賈斯柏：我不會忘記我們一起散步的那些日子。

瑪歌：我也不會。

Conte d'automne | 秋

CONTE D'AUTOMNE

sorti le 23 septembre 1998

duree : 1h45

Isabell	MARIE RIVIERE
Magali	BEATRICE ROMAND
Etienne	DIDIER SANDRE
Gerald	ALAIN LIBOLT
Rosine	ALEXIA PORTAL
Leo	STEPHANE DARMON
Emilia	AURELIA ALCAIS

1.

ISABELLE : Comment tu dis que ça s'apelle ?

MAGALI (*épelant*) : Muflier sauvage.

ISABELLE : D'accord.

MAGALI : C'est mignon non ?

ISABELLE : Oh je te demande ça, mais tu sais, de toute façon, j'aurai oublié. Demain ce que tu me dis. Ce n'est pas que c'est une question de mémoire, c'est d'attention. Moi je n'aime pas qu'à la campagne mon attention soit trop fortement mobilisée. Tu vois, un truc dont j'ai horreur, c'est d'aller ramasser les

固執的瑪佳麗對於釀酒跟男人有著一樣的的堅持。

好友依莎貝拉的女兒瓦倫婷要結婚了,選在葡萄收成的季節,而瑪佳麗想找一個好男人的願望,似乎也跟著葡萄的收成逐漸發酵、醞釀,所有的人都在幫著製造這瓶愛情釀的酒。

依莎貝拉偷偷地在報紙上刊登徵友啓事幫瑪佳麗物色男友,打算在婚禮上給瑪佳麗來個不期而遇的驚喜;兒子李奧的女友蘿馨也異想天開的把曾經相戀的哲學老師艾提恩加入瑪佳麗的候選名單。

但是蘿馨跟老師之間總是剪不斷理還亂,還加上個醋味甚重的不成熟男友;依莎貝拉重溫了年少的戀愛心情,也差一點成了脫韁的野馬……,但這個相親愛情最大的挑戰是——瑪佳麗的固執。

所有人都自以為清醒的玩著配對遊戲,只是愛情的酒香早已輕輕悄悄的洩出,讓每個人都微醺了。

選錄 1　　依莎貝拉和瑪佳麗參觀葡萄園

依莎貝拉:妳說這個叫什麼?

瑪佳麗(逐字拼):M-U-F-L-I-E-R S-A-U-V-A-G-E,野生金魚草。

依莎貝拉:喔!

瑪佳麗:很可愛,不是嗎?

依莎貝拉:儘管我問了妳,但妳知道,反正我明天就會忘記了。這不是記憶力的問題,而是注意力。所以我不喜歡在鄉下的時候,因為它會讓我不得不產生注意力。好比妳知道嗎?有件事很令我討厭,就是去探香菇。

champignons.

MAGALI : Et les fraises des bois ?

ISABELLE : A la rigueur si. Mais pas trop longtemps.

MAGALI : Tu préfères fouiner dans les bibliothèques.

ISABELLE : Non... Non, pas du tout, tu te trompes. Je suis libraire : pas bouquiniste.

C'est ma nature, je suis rêveuse, à la campagne comme en ville. Mais je crois que les gens de la campagne sont moins reveurs que ceux de la ville.

MAGALI : Si, ils rêvent, mais d'argent, ce qui est idiot, puisque ce n'est plus là qu'on en gagne, à moins d'être très gros. Tu vas penser que c'est prétentieux ce que je te dis, mais je me considère beaucoup plus comme un artisan que comme une exploitante. Quel mot affreux, écoute, exploitante ! Je n'exploite pas la terre, je l'honore.

2.

Rosine et Etienne, son ancien professeur, regardent les champs alentours.

(Etienne serre Rosine dans ses bras. Il promène sa main sur l'épaule dénudée de la jeune fille. Comme il devient pressant, elle l'arrête.)

ROSINE : Non !

ETIENNE : Je n'allais pas loin.

ROSINE : Trop. Tu sais ce qu'on a dit.

ETIENNE : Qu'on resterait amis.

ROSINE : Sans plus.

ETIENNE : Ce n'est pas un plus.

Conte d'Automne

瑪佳麗：那去森林裡採草莓呢？

依莎貝拉：還好，但點到為止。

瑪佳麗：妳寧可窩在圖書館裡。

依莎貝拉：不……不，才不是，妳錯了。我開的是一般書店，又不是二手書店。

我的天性如此。不論是在鄉下還是在城市裡，我都是個愛作夢的人。但我相信鄉下人比都市人少作夢。

瑪佳麗：當然他們也作夢，只不過作的是發財夢！但是這樣做很蠢，因為鄉下不再是可以賺到錢的地方，除非你本來就很有錢。妳也許會覺得我太自負，不過我自認為比較像是個藝術家而非營利者。營利者，妳聽，多麼令人討厭的一個字！我不是經營大自然圖利，我崇敬大自然！

選錄2　蘿馨在舊情人艾提恩的家

蘿馨和她以前的老師艾提恩，望著附近的田野。

（艾提恩摟著蘿馨，他用手撫摸著這個女孩裸露的肩膀。當他愈摟愈緊時，她便制止他。）

蘿馨：不要！

艾提恩：我沒有怎樣。

蘿馨：你越過界了。你知道我們已經說好了。

艾提恩：我們要做朋友。

蘿馨：只是朋友，沒別的。

艾提恩：這樣又沒有怎樣。

ROSINE : Si !

ETIENNE : C'est pas facile de n'être qu'amis. Je ne vois pas toujours très bien la frontière.

ROSINE : Moi, je la vois. Fais-moi confiance.

ETIENNE : Et puis les situations ne sont pas symétriques. Tu as un copain, je suis seul.

ROSINE : C'est que tu le veux.

ETIENNE (*s'asseyant sur un muret*) : Ça ne se trouve pas comme ça, une femme, à mon âge.

ROSINE : Tu parles ! Tu rends folles toutes tes élèves.

ETIENNE : Et ça me mène à quoi, sinon à des regrets. (*Rosine s'assoit près de lui*) et, au mieux, a des amitiés qui, ne t'en déplaise, n'ont rien de pur ?

ROSINE : Mais c'est parce que tu aimes ça. Tu adores te complaire dans l'ambiguïté.

ETIENNE : pas du tout. Oui, peut-être, pour ce que j'appellerais les extra de la vie, la part à moitié rêvée, à moitié agie. Mais pour la part solide–je ne dis pas forcément la part profonde : les deux le sont–, j'ai horreur de l'ambiguïté. Si je décide de vivre avec une femme, elle sera sans doute plus jeune, mais il y aura entre nous, crois-moi, une différence d'âge raisonnable.

ROSINE : Dix ans ? Qunize ans ? Au moins, comme je te connais.

3.

ROSINE : Léo, c'est une transition. (*Elle se lève et se dirige vers la maison.*) Pour le moment je butine, mais ça ne durera pas. Ça m'amusait, oui, de passer d'un estrême à l'autre, mais avec lui il y a pas de complicité intellectuelle, pas de... Pas d'affinité,

Conte d'Automne

蘿馨：有！

艾提恩：要只做朋友並不容易，有時候我分不清界線在哪裡。

蘿馨：我劃分得很清楚，相信我。

艾提恩：而且我們的情況不同，妳有男朋友了，而我只是一個
　　　　人。

蘿馨：那是你自找的。

艾提恩（坐在矮牆上）：在我這個年紀要找到一個女伴並不是件
　　　　簡單的事。

蘿馨：你在亂講！你所有的學生都為你瘋狂。

艾提恩：那對我又沒有好處，只會讓我後悔罷了，（蘿馨坐到他
　　　　身邊）頂多我可以跟他們建立友誼，但他們的友誼並不單
　　　　純，而這又是妳所不喜歡的。

蘿馨：但那是因為你喜歡這樣。你喜歡沉醉在模糊曖昧的關係
　　　　中。

艾提恩：才不是。好吧，也許有一點，我稱那是生活中的附屬
　　　　品，那是個半夢半真的部分。不論是真實的或是我所謂的
　　　　附屬品，都是深不可測的。在真實的那部份，我討厭模糊
　　　　曖昧。一旦我決定跟一個女人一起生活，她一定要比我年
　　　　輕，不過相信我，我們之間的年齡差距是合理的。

蘿馨：十年？依我對你的認識，至少十五年把？

選錄3　蘿馨解釋她與男友母親的關係

蘿馨：李奧只是個過渡期。（她起身並往房子的方向走去。）目
　　　　前我還在尋覓，但不會持續太久。沒錯，我是覺得從一個
　　　　極端換到另一個極端很好玩，但跟他在一起沒有複雜的原
　　　　因，也沒有……沒有細膩的感情，甚至沒有真正的溫柔。

même pas de vraie tendresse. Je l'aurais déjà laissé tomber, s'il n'y avait pas sa mère.

ETIENNE : Tu écoutes les mères. Maintenant ?

ROSINE : Non, c'est pas ça que je veux dire. Je m'aperçois que je tiens à elle beaucoup plus qu'à lui. Au fond, c'est elle que j'aime. Le coup de foudre, ça a été avec elle.

ETIENNE (*se levant pour s'asseoir près d'elle*) : C'est à cause de la mère que tu as choisi le fils ?

ROSINE : Non, mais quand je l'ai rencontrée, ça a tout de suite été le grand amour.

ETIENNE : Comment ça ?

ROSINE : Il n'y a pas entre nous de rapport de fille à mère, bien que, d'une certaine façon, je remplace sa fille qui est partie. Je ne sens pas la différence d'âge. C'est un peu comme avec toi. Tu vois, si je te remplace, ce n'est pas par mon copain, mais par sa mère.

ETIENNE : Tu vas me rendre jaloux.

ROSINE : Tu aurais raison de l'être.

4.

ROSINE : ... Elle me fait ses confidences. Je lui fais les miennes.

ETIENNE : Tu lui as parlé de moi ?

ROSINE : Non, ou du moins très vaguement.

ETIENNE : A cause de son fils ?

ROSINE : Sûrement pas. Même si je voulais, je ne pourrais pas parler de nous. On comprendrait pas. Nos rapports sont inclassables.

Conte d'Automne

要不是他媽媽，我早就已經跟他分手了。

艾提恩：妳現在會聽「媽媽」的話啦？

蘿馨：我不是這個意思，但是我發現我喜歡她更甚於李奧許多。事實上，她才是我喜歡的人。我的一見鍾情，是發生在她身上。

艾提恩（站起來去坐在她旁邊）：那麼妳是因為媽媽，才選擇了做兒子的那個人？

蘿馨：不是，可是當我第一次見到她時，我立刻就愛上她了。

艾提恩：怎樣說？

蘿馨：我們之間並非母女的關係，雖然就某方面來說，我取代了她離開家的女兒。我不覺得我們有年齡差距，就像我跟你一樣。這樣你明白了嗎，如果說你被取代了，那你不是被我男友取代，而是被他的母親所取代。

艾提恩：你這說讓我很忌妒。

蘿馨：你有理由忌妒。

選錄 4　　蘿馨想要釐清她跟艾提恩的關係

蘿馨：……她跟我分享她的秘密，我跟她分享我的。

艾提恩：妳跟她說過我嗎？

蘿馨：沒有，若有的話也只是輕描淡寫。

艾提恩：是因為他兒子的關係？

蘿馨：當然不是。即使我想談，我也不能談到我們的事。別人不會懂的，我們的關係無法被歸類。

Comme elle passe près de lui, il essaie de la prendre sur ses genoux. Elle se dégage vivement.

ETIENNE : Viens sur mes genoux.

ROSINE : Non, c'est vulgaire.

ETIENNE : Parce que classable ?

ROSINE : Oui.

ETIENNE : Dans quoi ?

ROSINE (*se laissant tomber sur ses genoux*) : Dans la catégorie prof qui séduit son élève.

ETIENNE : Mais quand j'étais ton professeur, il ne s'est rien passé ?

ROSINE : Hum... C'est pour ça que j'ai attendu d'être en fac. Tu n'as plus été mon prof, mais tu le restes quand même. (*Elle se lève.*) Quand je parle de vulgarité, ce n'est pas au sens mondain, mais au sens moral profond. Si ton destin est de séduire tes élèves, assume-le avec noblesse, sans remords ni regrets. Si, par contre, tu veux une femme pour la vie, choisis-la comme telle, dès le départ. Et pas dans tes élèves. Plutôt ailleurs.

ETIENNE : Oui, mais où ?

ROSINE : A toi de trouver.

5.

ISABELLE : Holà ! Tu as des idées noires.

MAGALI : Oh oui, de temps en temps. L'autre jour, j'étais toute gaie, peut-être à cause de Rosine.

ISABELLE : Tu ne vas pas me faire croire que ton bonheur dépend

她從他身旁走過，他試著拉她坐在他腿上。她立刻閃開。

艾提恩：過來坐在我腿上。

蘿馨：不要，這樣很難看。

艾提恩：因為會被誤解？

蘿馨：對。

艾提恩：會怎樣被誤解？

蘿馨（讓身體跌坐在艾提恩雙腿上）：會被以為是老師勾引學生。

艾提恩：但我以前還是你老師時，什麼都沒發生啊？

蘿馨：嗯……這就是為什麼我那時等著，等到上大學。你不再是我的老師，可是在我心中你還是我的老師。（她站起身）當我說「難看」，指的不是以上流社會的眼光來看，而是以「道德」的眼光來看。如果你命中註定要吸引你的學生，請保持高尚、勇敢大方的情操。每年換一個女孩子，不帶內疚與悔意。但是相反地，如果你是要找共渡一生的女人，你要接受原來的她。不要在你的學生裡找，而應到別處去找。

艾提恩：好，但是要去哪兒找？

蘿馨：那就要靠你自己去發現囉！

選錄 5　依莎貝拉以自己和女兒艾蜜莉雅對比瑪佳麗和女兒瓦倫婷及蘿馨的關係

依莎貝拉：哇！妳思想灰暗！

瑪佳麗：喔，對啊！有時會這樣。前幾天我心情很好，可能是蘿馨的緣故吧！

依莎貝拉：妳不是要我相信妳的快樂是來自這個女孩吧？而且她

de cette fille ? Si encore c'était la tienne !

MAGALI : Je n'ai plus ma fille.

ISABELLE : Et moi non plus, c'est dans l'ordre des choses.

MAGALI : Mais Valentine représentait plus pour moi qu'Emilia pour toi.

ISABELLE : Qu'est-ce que t'en sais ?

Elles se lèvent et vont dans la cuisine. Magali se lave les mains et prépare un casse-croûte tout en continuant la conversation.

MAGALI : Ce que je peux te dire, c'est que j'ai pour Rosine un sentiment tout à fait différent : elle ne la remplacera pas. Il y a un an, quand Valentine est partie vivre avec son copain, j'ai pensé naïvement que Léo pourrait la remplacer. La glace n'a pas fondu entre lui et moi, au contraire. Et puis j'ai rencontre Rosine. Bon, elle ne comble pas mon vide: elle m'apporte quelque chose d'autre, de calme, d'apaisant. Avec Valentine, c'était toujours l'orage, c'était passionné. Maintenant ma seule passion est le travail.

6.

ISABELLE : Tu veux bien que je te dise quelque chose ?

MAGALI : Oui.

ISABELLE : Moi je crois que ce qui te manque, ce ne sont pas tes enfants. Sur ce point, tu n'es ni moins bien ni mieux lotie que moi.

MAGALI : Tu veux dire un homme ?

ISABELLE : Tu ne crois pas ?

MAGALI : Oui, je crois que tu as parfaitement raison.

Conte d'Automne

又不是妳女兒。

瑪佳麗：我沒有女兒了。

依莎貝拉：我也沒有了。不過這是自然的。

瑪佳麗：可是瓦倫婷對我的意義比艾蜜莉雅對你的意義大。

依莎貝拉：妳又怎麼知道？

她們站起來走到廚房去，瑪佳麗洗了手，一邊做三明治，一邊繼續聊天。

瑪佳麗：我可以告訴妳的是，我對蘿馨的感情很不一樣，她是不會被取代的。一年前，當瓦倫婷搬出去跟她男朋友住時，我天真地以為李奧可以代替她。相反地，他跟我之間冰冷的關係並沒有溶化。後來我遇到了蘿馨，好吧，她沒有填補我的空虛，可是她帶給我別的東西，給我平靜、安祥的情緒。我跟瓦倫婷之間總是狂風暴雨，很情緒化。現在我唯一的熱情是在工作上。

選錄6　　依莎貝拉和瑪佳麗從廚房回到院子

依莎貝拉：妳要不要我告訴妳一件事？

瑪佳麗：說啊！

依莎貝拉：我認為妳缺的不是你的孩子，在這點上，妳既不比我差也不比我好到哪裡去。

瑪佳麗：妳指的是男人？

依莎貝拉：妳不同意嗎？

瑪佳麗：同意，我想妳完全是對的。

ISABELLE : Alors, c'est simple.

MAGALI : Simple ! C'est ce qu'il y a de plus difficile. A mon âge c'est plus difficile que de trouver un trésor sous les vignes !

ISABELLE : Mais tu es super belle, je ne sais pas pourquoi tu dis ça.

MAGALI : Les hommes ne pensent pas comme toi. Ils préferent les petites jeunes. Et puis ils sont tous pris.

ISABELLE : Pourquoi seraient-ils tous pris et pas les femmes ? Tu n'as jamais lu les annonces matrimoniales dans les journaux ?

MAGALI : Et pourquoi je les lirais ? Tu les lis, toi ?

ISABELLE : Ça m'est arrivé, c'est parfois drôle.

7.

La librairie, 18 heures.

Isbelle, avant d'entrer dans sa librairie, est allée acheter La Tribune, journal local. Tandis que son employé se dispose à partir, elle recherche la page ⟪petites annonces⟫.

Maison d'Isabelle.

Chez elle, le soir, à table, elle semble distraite.
La nuit, elle a une insomnie et descend à la cuisine méditer. Elle griffonne quelques lignes sur un bout de carton.

La librairie, le lendemain matin.

Seule, elle écrit, après maints essais, le texte d'une annonce : ⟪Quarante-cinq ans. Veuve, deux grands enfants, gaie, vive, sociable, mais isolée dans campagne, cherche homme épris de beauté physique et morale⟫.

8.

依莎貝拉：那就很簡單啦！

瑪佳麗：簡單！這才是最困難的。以我的年紀，這比在葡萄藤底
下尋寶還難！

依莎貝拉：可是妳很美麗啊，我不懂妳為何這樣說。

瑪佳麗：男人可不像妳這麼想。他們寧可要年輕女孩，而且他們
都已經被訂走了。

依莎貝拉：為什麼他們可以被訂走，而女人不可以？妳從來沒有
讀過報上的徵友啟事嗎？

瑪佳麗：為什麼我要讀那些？有讀嗎？

依莎貝拉：我讀過，有時候很好笑。

選錄 7　　依莎貝拉背著瑪佳麗幫她寫一則徵友啟事

書店，晚上六點。

依莎貝拉進她的書店前先去買了一份當地的報紙《論壇
報》。當她的雇員準備離開的時候，她正在找「廣告」版。

依莎貝拉的家。

晚上，在家中，餐桌前，依莎貝拉看起來心不在焉。
夜晚，她失眠，走到樓下廚房，若有所思。她隨手在一張小
紙片上塗鴉。

書店，隔天早上。

獨自一人，依莎貝拉試了很多次，寫了一則徵友啟事：
「40歲，寡婦，有兩個小孩、已成年。性情愉悅，有活力，
擅交際，但獨居鄉村，尋找懂得欣賞外表與內在俱美的男
人。」

選錄 8　　蘿馨想撮合男友李奧的母親瑪佳麗認識艾提恩

ROSINE : Ce n'est pas une machination, c'est une simple présentation.

MAGALI : Oui. Mais à quoi bon ? Tu sais bien que ça ne peut pas marcher. Et que dirait Léo ?

ROSINE : Il ne s'intéresse pas à ta vie.

MAGALI : Mais là, quand même ! Si ton ex devient ton beau-père, je comprends que ça le gêne. Et toi, ça te gênera encore plus.

ROSINE : Non, au contraire. Je ne resterai pas éternellement avec Léo, il faut voir les choses en face.

MAGALI : Mais tu vas être jalouse de moi. Et moi, je risque de l'être de toi aussi ?

ROSINE : Mais non. Etienne, c'est fini, fini. La différence d'âge qui ne me choquait pas quand j'etais plus jeune, me choque maintenant. Je veux simplement qu'il me garde son amitié, et il ne le fera que s'il est amoureux d'une autre femme.

MAGALI : Je vois. Tu es très intéressée.

ROSINE : Oui... Mais j'ajouterai... (*Elle va vers elle, l'enlace et l'embrasse.*) J'ajouterai que, si l'amitié que j'ai pour cette femme est au moins égale à celle que j'ai pour lui, la petite trace de désir qui subsiste en moi disparaîtra tout à fait. Il sera tabou pour moi, et je serai tabou pour lui. Ah, si c'était possible, qu'est-ce que je serais heureuse !

MAGALI : Tu m'inguiètes. Tu ne vois pas que tu rêves ?

ROSINE : Ben, c'est mon droit.

9

ETIENNE : Tu dis que je l'intéresse. Elle me connait ?

Conte d'Automne

蘿馨：這又不是什麼詭計，只不過是介紹你們認識。

瑪佳麗：好，可是又怎樣？你明知道不可能成功。而且李奧會怎麼說？

蘿馨：他才不會管你的事。

瑪佳麗：但這件事，另當別論！如果你的前男友變成你公公，我知道他一定會覺得不舒服。而你，會更為難。

蘿馨：不，正好相反。面對現實吧，我不會永遠和李奧在一起。

瑪佳麗：可是你會忌妒我，而我也是冒著忌妒你的可能性。

蘿馨：才不會呢！我跟艾提恩已經結束，結束了！以前我比較年輕時，並不在乎年齡差距，但現在我會介意。我單純只要他把我當成朋友，但這只有在他愛上別的女人時才有可能實現。

瑪佳麗：我明白了。你是利害關係人！

蘿馨：沒錯……可是我……（她走近她，擁抱並親吻她）我要說明白的是，如果我對這個女人的友誼與我對他的友誼差不多一樣多，那麼我心裏對他僅存的一丁點慾望就會完全消失。對我而言是禁忌，對他而言也是禁忌。果真能如此的話，我會多麼高興啊！

瑪佳麗：你真讓我擔心！你不覺得你在做夢嗎？

蘿馨：就算是，那也是我的權利！

選錄9　　蘿馨試圖說服艾提恩與瑪佳麗交往

艾提恩：你說她對我有意思。她認識我嗎？

ROSINE : Je lui ai montré ta photo.

ETIENNE : Et ru lui as dit qui j'érais par rapport à toi ?

ROSINE : Très très vaguement.

ETIENNE : Et comment la connais-tu ?

ROSINE : C'est la mère de Léo.

ETIENNE (*bondissant*) : Mais tu es folle ! Je ne marche pas !

ROSINE : Pourquoi?

ETIENNE : C'est évident, enfin ! Je ne me vois pas ton beaupère !

ROSINE : Mais j'aurai déjà quitté Léo !

ETIENNE : Et sa mère ?

ROSINE : Ah non ! Elle, je continuerai à la voir, et plus souvent encore si tu es là.

ETIENNE : Je ne me vois pas l'amant de ton amie.

ROSINE : Je préfère que tu le sois d'une amie que d'une ennemie.

ETIENNE : Mais j'aurais envie de la tromper avec toi.

ROSINE : C'est justement cette envie que je voudrais te faire passer.

ETIENNE : Evidemment, toi ça t'est égal : tu ne m'aimes pas.

ROSINE : Je t'aime d'amitié.

10.

La librairie.

Isabelle a reçu des réponses. Une seule trouve grâce à ses yeux.

ISABELLE (*lisant*) : "Madame, votre annonce n'est pas

蘿馨：我把你的照片給她看了。

艾提恩：那你有告訴她我跟你的關係嗎？

蘿馨：很模糊地提過。

艾提恩：你怎麼認識她的？

蘿馨：她是李奧的媽媽！

艾提恩（跳起來）：你瘋啦！我不要！

蘿馨：為什麼？

艾提恩：這還用說！我不可能當你公公！

蘿馨：但到那時候我早就離開李奧了！

艾提恩：那他媽媽呢？

蘿馨：不會！我會繼續跟她來往，若你在那兒我更會去找她。

艾提恩：我覺得我不可能成為你朋友的愛人。

蘿馨：我寧可你成為朋友的愛人，而不是敵人的愛人。

艾提恩：可是我會想背著她跟你偷情。

蘿馨：我就是想要讓你停止這種想法。

艾提恩：當然，對你來說無所謂，因為你不愛我。

蘿馨：我愛你，像愛朋友般。

選錄10　依莎貝拉收到應徵者傑哈的信，並相約見面

書店。

依莎貝拉收到一些回信，其中只有一封令她眼睛為之一亮。

依莎貝拉（讀出來）：「夫人，您的廣告非比尋常。說我可能就是您要找的人，希望我不會讓您失望。傑哈敬上。」

conventionnelle. Permettez-moi de m'y reconnaître. J'espère ne pas vous décevoir. Gérald."

Après le repas, ils se promènent dans le jardin botnaique qui descend en terrasse vers la vallée.

GÉRALD : Alors, vous habitez où exactement ?

ISABELLE : J'habite par là.

Elle balaie l'horizon de la main.

GÉRALD : C'est vague.

ISABELLE : C'est déjà une précision.

Ils visitent les plantations.

GÉRALD (*lisant les étiquettes*) : Vipérine, livêche, ail, pissenlit, ortie, oignon. Verveine, elle est bizarre cette verveine, on ne dirait pas de la verveine. Tiens, on dirait presque de l'asperge. Non ! L'asperge est à côté, venez voir !

ISABELLE : Ah oui ! Tiens, c'est du muflier sauvage. Non, parce que je connais. Parce que ça pousse entre les plants de vigne.

GÉRALD : Du muflier ?

ISABELLE : Du muflier.

GERALD : Vous êtes plus calée que moi.

ISABELLE : Oui peut-être.

Ils sont arrivés au fond du jardin.

11.

GÉRALD : Et puis écoutez, on n'est pas obligé d'être d'accord sur

喔⋯⋯他很有自信嘛。但至少很簡短，其他的都很無趣。

⋯⋯

傑哈：您到底住在哪裏？

依莎貝拉：我住在那頭。

她用手晃指地平線。

傑哈：這樣很模糊。

依莎貝拉：已經很清楚了。

他們參觀植物。

傑哈（讀著說明）：藍薊、拉維紀草、蒜、蒲公英、蕁麻、洋
　　　蔥。馬鞭草，這個馬鞭草好奇怪，看起來不像。你看，它
　　　長得好像蘆筍。不是！蘆筍在旁邊，過來看！

依莎貝拉：對耶！不對啊，這應該是野生金魚草才是，我確定，
　　　因為它們長在葡萄樹叢間。

傑哈：金魚草？

依莎貝拉：金魚草。

傑哈：您比我還有學問。

依莎貝拉：或許是吧。

他們走到花園底。

選錄11　　依莎貝拉冒充瑪佳麗和傑哈見面

傑哈：而且能一起生活並不表示我們必須什麼事都達成共識，對

tout quand on veut vivre ensemble, non ? (*Isabelle se met à le fixer d'un air ironique.*) Pourquoi me regarde-vous comme ça ? On dirait que vous me jaugez.

ISABELLE : Jauger ou juger ?

GÉRALD : Les deux. Alors le résultat ?

ISABELLE : Et le vôtre ?

GÉRALD : Mon examen n'est pas terminé.

ISABELLE : Le mien l'est presque.

GÉRALD : Positif ou négatif ?

ISABELLE : Je parlerai après vous.

GÉRALD : Trop tôt, je vous dis. Vous êtes déconcertante. Je n'arrive pas très bien à vous situer.

ISABELLE : Ça fait pourtant deux semaines qu'on se connaît.

GÉRALD : C'est peu... Dans votre cas.

ISABELLE : Pour moi, C'est assez. Je vais vous aider. Est-ce que je corresponds à votre type de femme ?

GÉRALD : Je n'ai pas de type.

ISABELLE : On en a tous plus ou moins un.

GÉRALD : Quand on est jeune. Mais, à mon âge, ca ne veut plus rien dire. Je cherche une femme avec qui j'aurais du plaisir à être : ça ne peut pas se trouver en deux secondes.

ISABELLE : Et bien moi, figurez-vous, je crois aux sentiments immédiats. Je sais, vous, la première fois que vous m'avez aperçue, au restaurant, vous n'avez même pas pensé que je pouvais être celle que vous attendiez. Ça veut dire que je ne

Conte d'Automne

不對？（依莎貝拉用諷刺的眼神盯著他看）為什麼這樣看我？好像在打量我。

依莎貝拉：打量還是評斷？

傑哈：都是，所以呢，結論是什麼？

依莎貝拉：那您的結論又是如何？

傑哈：我對您的考試還沒結束。

依莎貝拉：我的倒是快結束了。

傑哈：結論是正面還是負面？

依莎貝拉：您先說。

傑哈：現在說還太早，您讓人捉摸不定，我不能下定論。

依莎貝拉：我們都認識兩個星期了。

傑哈：但對您……太短了。

依莎貝拉：對我來說，已經夠了。我來幫您。我是不是您喜歡的那一型的女人？

傑哈：我沒有要找哪一型的女人。

依莎貝拉：每個人多多少少都會有一種自己喜歡的類型。

傑哈：年輕的時後有，可是到了我這年紀，類型沒有什麼意義。我要找的是一個可以和我處得來的女人，而這可不是兩秒鐘就可以找到的。

依莎貝拉：告訴您，我相信直覺。我知道您第一次在餐廳看到我時，壓根兒沒想過我會是您在等待的那個人，也就是說我並不符合您心目中想像的模樣。

correspondais pas à l'image que vous vous étiez faite.

GÉRALD : Mais je ne m'étais fait aucune image ! Simplement je m'attendais à une femme moins élégante.

12.

ISABELLE : Vous voulez savoir pourquoi je suis la ? Comme ambassadrice d'une charmante brune aux yeux noirs, pas trop grande et vraiment viticultrice. Moi, je suis libraire.

GERALD : Ambassadrice ? Ça veut dire quoi ?

ISABELLE : Ça veut dire que je viens à sa plae.

GERALD : Et pourquoi pas elle ?

ISABELLE : Disons qu'elle n'a pas le temps : c'est les vendanges.

GERALD : Curieux. Elle aurait pu attendre pour son annonce !

ISABELLE : C'est moi qui l'ai rédigée. Elle ne croit pas aux annonces.

GERALD : Et elle cherche un homme ?

ISABELLE : Eh oui, mais elle pense qu'il tombera du ciel.

GERALD : Grâce à un bon ange. C'est gentil de votre part.

ISABELLE : Je sais. C'est un peu cavalier à votre égard. Je vous jure que vous ne perdrez pas au change. J'ai préparé un petit plan pour vous faire rencontrer.

GERALD : Attendez. Pas si vite ! Je suis encore dans ma surprise.

ISABELLE : Vous voulez voir sa photo ? (*Elle sort la photographie de son sac et la lui tend.*) Première impression ? Vite ?

GÉRALD : Oui, effectivement, elle a un regard intéressant.

ISABELLE : Et c'est votre type.

Conte d'Automne

傑哈：可是我並沒有設想過任何模樣！我只是沒料到這個女人竟如此優雅。

選錄12　　傑哈質問依莎貝為什麼要冒充瑪佳麗應徵男友

依莎貝拉：您要知道為什麼？我是代表另一個女人來的，一位棕髮、黑眼珠的女人，個子不太高，而且真的是釀葡萄酒的，而我是書店老闆娘。

傑哈：代表？什麼意思？

依莎貝拉：意思是我代她來見您。

傑哈：她為什麼不自己來？

依莎貝拉：就說是她沒有時間吧！現在正是葡萄收成期。

傑哈：奇怪，那她應該可以等到收成期過了再登徵友啟事嘛！

依莎貝拉：那是我幫她登的，她不相信這種廣告有用。

傑哈：那麼她有在找男人嗎？

依莎貝拉：有啊！可是她以為男人會從天上掉下來。

傑哈：多虧有位好天使，您還真有心。

依莎貝拉：我知道，您會覺得這做法有點輕浮，但我保證您不會有任何損失。我已經有一個計畫好讓您們見面了。

傑哈：等等，別這麼快，我還沒準備好。

依莎貝拉：您要看她的照片嗎？（她從袋子裡拿出她的照片給他）第一印象是什麼？快說！

傑哈：嗯，確實，她的眼神的確很迷人。

依莎貝拉：這是您喜歡的類型吧。

GÉRALD : Ce le serait peut-être, si j'en avais un.

ISABELLE : En tout cas, plus que moi.

GÉRALD : Avec vous, on ne se pose pas la question. C'est vous qui avez tenu absolument à la soulever. Vous m'avez bien eu, hein. Je m'attendais à tout, mais vraiment pas à ça. Vous voyez ? D'un côté, je me sens soulagé, parce que je sentais qu'il y avait quelque chose qui clochait, je n'arrivais pas à situer. Mais, d'autre part je suis un peu déçu, et oui même, pour l'instant, très déçu. Je faisais plus que commencer de m'intéresser à vous. Pardon si je vous choque mais, j'avais envie de vous aimer et je suis frustré.

ISABELLE : Bon. Allez, arrêtez vos bêtises ! Moi je vous propose d'en aimer une autre, qui sera possible celle-là. Je comprends que vous soyez vexé, mais si ça marche, je ne vous aurai pas fait pedre votre temps.

GÉRALD : Et si ça ne marche pas ?

ISABELLE : Ben tant pis. Tant pis pour vous comme pour moi. Le temps, il y a mille façons de le perdre. Celle-là, ce n'est pas plus bête qu'une autre. C'est un petit jeu qui m'aura plutôt amusée. Bien que ce soit un jeu assez dangereux.

GÉRALD : Pour moi, ou pour vous ?

ISABELLE : Pour moi, en tout cas. C'est tout de même assez risqué de donner des rendez-vous d'amour à un homme plutôt attirant. J'aurais pu tomber amoureuse de vous.

GÉRALD : Je ne suis pas votre type.

ISABELLE : Je n'ai plus de type.depuis que j'ai trouvé le mien, il y a vingt-quatre ans. Et maintenant, je crains plus les hommes qui sont à l'opposé de mon mari que ceux qui lui ressemblent.

傑哈：有可能是吧，如果我有所謂的「類型」的話。

依莎貝拉：總而言之，她比我更接近您喜歡的類型。

傑哈：若是您的話就不用考慮這個問題了，是您要提這個問題的，我知道什麼事都可能會發生，但我真的沒料到事情會是這樣。您知道嗎？一方面，我鬆了一口氣，因為我本來覺得有點怪怪的，可是又說不上來是什麼地方怪。而另一方面，我有點失望，甚至，現在真的很失望。我已經對你產生好感了。很抱歉如果這樣說嚇到您了，可是，我想要愛上您，而我現在很沮喪。

依莎貝拉：好了，別再說傻話了！我建議您去愛另一個人吧，也許就是我說的那位。我可以理解您不高興，可是如果成的話，我就不算浪費您的時間了。

傑哈：但如果沒成呢？

依莎貝拉：那就算了。我們都不會有什麼損失。浪費時間的方法有上千種，這個方法不會比其他的方法更愚蠢。我覺得這個遊戲還挺好玩的，儘管也夠危險的。

傑哈：對我，還是對您來說？

依莎貝拉：對我吧！不管怎樣，跟一個迷人的男子約會總是有點冒險。我還是有可能會愛上您。

傑哈：我不是您喜歡的那一型。

依莎貝拉：自從二十四年前找到我喜歡的男人的類型後，我就不再有所謂的類型了。比起跟我老公相像的男人，現在我反而比較害怕遇到跟我老公相反的男人。

GÉRALD : Je suis si différent ?

ISABELLE : Pas assez pour être dangereux : tant mieux.

GÉRALD : Vous savez ? Je ne suis pas du tout sûr que votre brunette me plaise plus que vous. Je crains que la comparaison ne joue pas en sa faveur.

13.

La maison d'Isabelle, l'après-midi.

Dans le jardin où se presse une foule d'une centaine d'invités, Gérald se fraie un chemin jusqu'au buffet auprès duquel il aperçoit Magali, Prudemment, il la contemple, sans trop s'approcher d'elle. Elle se retourne et le surprend à la regarder. Les mouvements de foule les poussent l'un vers l'autre. Elle est en train de boire un verre de vin. Elle se tourne vers lui.

MAGALI : Vous voulez goûter ?

GÉRALD : Pourquoi pas ?

MAGALI : Je vous sers.

GÉRALD : Merci.

MAGALI : Vous connaissez ?

GÉRALD (*lisant l'étiquette*) : 《Domaine de la Ferme du Moulin》. Non. C'est près d'ici ?

MAGALI : Oui, en face, en Ardèche. (*Il boit.*) Vous aimez ?

GÉRALD : Il a bien vieilli. Quelle année ? Quatre-vingt-neuf ! Pour un vin de la région, c'est tout à fait exceptionnel !

MAGALI : Je suis d'accord avec vous.

GÉRALD : Il est aussi bon qu'un gigondas que j'ai bu avant-hier.

Conte d'Automne

傑哈：我有這麼不一樣嗎？

依莎貝拉：還不夠不一樣到對我有危險性，所以還好！

傑哈：您知道嗎？我不確定是否會比較喜歡您那位棕髮朋友，恐怕這樣做比較不是對她有利。

選錄13　　傑哈與依莎貝拉不期而遇

依莎貝拉的家，下午。

花園裏擠滿了上百個客人，傑哈沿著沙拉吧的方向依尋過去，他看到了瑪佳麗。審慎地，他凝視著她，但並未太靠近她。瑪佳麗轉過身來，突然發現他在看著自己。移動的人潮把他們向彼此推近。她正在喝一杯紅酒。她轉身面向他。

瑪佳麗：您要品嘗看看嗎？

傑哈：為什麼不？

瑪佳麗：我幫您倒。

傑哈：謝謝。

瑪佳麗：您知道這支酒嗎？

傑哈（讀著瓶子上的標籤）：「磨坊酒莊」，不知道。是在附近嗎？

瑪佳麗：是，就在對面，在阿爾代什省。（他喝一口酒）您喜歡嗎？

傑哈：這酒陳得很好，哪一年份的？一九八九年？就這一區的酒來講，算是很例外的！

瑪佳麗：我也這樣認為。

傑哈：這跟我前天喝的吉工達酒一樣好喝！

MAGALI : Excusez-moi de faire ma publicité, si je puis dire, mais c'est mon vin. Je suis viticultrice.

GÉRALD : Non ?

MAGALI : Oui.

Elle rit.

GÉRALD : Je suis fils de vignerons. Mais pas d'ici. Mes parents sont rapatriés d'Algérie.

MAGALI : Et les miens de Tunisie. Ils ont acheté vignoble qu'ils m'ont légué.

GÉRALD : Les miens ont abandone la vigne pour les affaires. Et moi, actuellement, je travaille dans une boîte de Montélimar. Mais la campagne me manque.

Il boit encore une gorgée.

MAGALI : Vous savez, il n'y a pas beaucoup de gens qui sont capables de me dire ça. Vous me faites un très grand plaisir.

GÉRALD : Il ne suffit pas d'être connaisseur pour l'apprécier !

MAGALI : Mais l'opinion d'un connaisseur me flatte forcément. (*Elle rit.*) Vous me trouvez enfantine ?

GÉRALD : Pas du tout. J'aime les gens qui ont la fierté de ce qu'ils font.

14.

Gerald, pendant ce temps, est entré dans la maison et a trouvé Isabelle dans la cuisine.

ISABELLE : Alors, elle vous plaît ?

GÉRALD : Disons qu'elle est possible. Et même très possible.

瑪佳麗：不好意思我要替自己打廣告，如果我可以說的話，這是
　　　　我釀的酒。我是釀葡萄酒的。

傑哈：不會吧？

瑪佳麗：眞的。

她笑了。

傑哈：我父母親是葡萄農，可是不是在這一區。我父母是從阿爾
　　　　及利亞回來的。

瑪佳麗：我父母是突尼西亞來的，他們買了這塊葡萄園，然後留
　　　　給了我。

傑哈：我父母放棄了葡萄園去做生意。而我現在在莫荷特里濃的
　　　　一家公司上班，可是我很懷念鄉村生活。

他再喝一口酒。

瑪佳麗：您知道嗎？並沒有很多人可以跟我談這些。您眞的讓我
　　　　很高興。

傑哈：行家也不見得懂得欣賞。

瑪佳麗：可是內行人的意見讓我十分得意。（她笑了）您覺得我
　　　　很孩子氣嗎？

傑哈：一點兒也不！我喜歡那些對自己所做的事感到自豪的人。

選錄14

傑哈在廚房裡找到依莎貝拉

依莎貝拉：……怎麼樣，她討您喜歡嗎？

傑哈：可能有，甚至很有可能。

ISABELLE : Tandis que moi j'étais classée impossible.

GÉRALD : Evidemment: mariée.

ISABELLE : Grande, aux yeux bleus.

GÉRALD : Taisez-vous. Vous n'allez pas vous vexer, tout de même ?

ISABELLE : Si. Je voudrais que tous les hommes m'aiment, surtout ceux que je n'aime pas... Excusez-moi, je dis n'importe quoi. J'ai dû boire un coup de trop... Enfin, reconnaissez que j'ai du flair ?

GÉRALD : Oui. Il y a parfois des hasards.

ISABELLE : Ce n'est pas un hazard. C'est mon oeuvre, quand même... Eh bien, bonne chance !

Elle le dévisage en riant.

GÉRALD : Pourquoi riez-vous ?

ISABELLE : Parce que je suis heureuse pour elle, pour vous et pour moi.

GÉRALD : Vous vous moquez de moi ?

ISABELLE : Vous avez l'air tout décontenancé. Ne gardez pas cet air niais devant elle ?

GÉRALD : Niais ?

ISABELLE : Non, mais nn. (*Elle rit.*) Allez vite la rejoindre ! (*Elle l'attrape par le revers de son veston et l'embrasse sur les deux joues.*) Vous permettez ? (*Elle le tient un moment serré contre elle.*) Vous tremblez ?... Vous n'avez pas peur au moins ?

GÉRALD (*ironique*) : Si. Comme à dix-huit ans.

依莎貝拉：而我是不可能的那種。

傑哈：當然，你已婚。

依莎貝拉：而且又高又是藍眼睛的。

傑哈：快別這麼說，您現在該不會是生氣了吧？

依莎貝拉：正是。我要所有的男人都愛我，尤其是那些我不愛的男人……對不起，我在胡說八道。我一定是喝多了……總之，您得承認我對事情的嗅覺是很敏感的吧？

傑哈：沒錯。有時真是巧合。

依莎貝拉：這可不是巧合。這是我一手安排的，雖然……ㄘ，祝好運嘍！

她微笑盯著他看。

傑哈：你為什麼笑？

依莎貝拉：因為我為她感到高興，為您，也為我自己。

傑哈：你在嘲笑我嗎？

依莎貝拉：你看起來完全不知所措，可別在她面前一付蠢樣！

傑哈：我蠢？

依莎貝拉：不是啦。（她又笑了）快點兒再回去找她！（她抓著他的領子並在他的兩頰上親吻）可以親您嗎？（她緊抓著他一會兒）……您在發抖嗎！您該不會是害怕吧？

傑哈（諷刺地）：就是，就像個十八歲的男孩一般。

15.

La maison d'Isabelle.

Magali trouve Isabelle dans sa chambre.

ISABELLE : Mais... Tu n'étais pas partie ?

MAGALI : Si. Mais je reviens... Isabelle, dis-moi. Je veux en avoir le Coeur net. Qui est ce type ?

ISABELLE : Gérald ? Mais c'est un type très bien. Attends, vous ne vous êtes pas disputés, quand même ?

MAGALI : Je veux savoir qui c'est. Comment le connais-tu ?

ISABELLE : Euh, comme ça. Mais je t'assuer que c'est vraiment un type bien.

MAGALI : Par annonce ?

ISABELLE : Oh là là, mais qu'est-ce que tu vas chercher, ma pauvre. je connais un tas de gens.

MAGALI : Ce n'est pas ce que tu me disais. Je suis sûre que c'est par annonce.

ISABELLE : Non, je te dis. Non, pas du tout.

MAGALI : Si c'est par annonce, tu peux me le dire, au fond. Il n'y a rien de mal à ça.

ISABELLE : Oui, je te l'avoue, c'est par annonce. Bon, et t'inquiète pas, c'est moi qui ai passé l'annonce, pas lui.

MAGALI : Eh bien, bravo ! Tu as eu la main heureuse. L'ennui, c'est que je crains d'avoir tout compromis.

ISABELLE : Qu'est-ce qu'il s'est passé ? Vous vous êtes...

MAGALI : Même pas. Je l'ai quitté sous un prétexte quelconque.

Conte d'Automne

選錄15　　瑪佳麗質問伊莎貝拉

伊莎貝拉的家。

瑪佳麗發現依莎貝拉在她的房間裡。

依莎貝拉：咦……妳不是走了嗎？

瑪佳麗：對，可是我又回來了……依莎貝拉，告訴我，我要聽實
　　　　話，這個男人是誰？

依莎貝拉：傑哈？他是個很好的男人。等等，你們不是吵架了
　　　　吧？

瑪佳麗：我要知道他是誰。妳是怎麼認識他的？

依莎貝拉：嗯……就是認識了啊！而且我跟你保證這個真的是個
　　　　好男人。

瑪佳麗：是透過徵友啓事嗎？

依莎貝拉：唉喲，小可憐，妳想到哪兒去了？我認識一堆人呢！

瑪佳麗：妳當初可不是這樣告訴我的，我確定這一定是透過徵友
　　　　啓事。

依莎貝拉：跟你說不是，就不是，完全不是。

瑪佳麗：一定是，你可以老實說，這沒什麼大不了的。

依莎貝拉：好，我承認，是透過徵友啓事認識的。可是你別擔
　　　　心，登徵友啓事的是我，不是他。

瑪佳麗：這下好了，妳運氣很好。真討厭，我怕我做太多讓步
　　　　了。

依莎貝拉：發生什麼事了？你們……

瑪佳麗：什麼事都沒發生，我隨便找個理由就走人了。我一定要

J'avais un besoin absolu de savoir la vérité, au risque de tout perdre. J'en ai eu le pressentiment dans la voiture, mais je ne voulais pas le dire, parce qu'il aurait nié, et que ça m'embêtait qu'il mente. Et puis j'étais très énervée, excuse-moi, furieuse contre toi, et je craignais que ma colère ne se porte sur lui. Il fallait avant tout que je sache, que je réfléchisse. Alors je suis partie, et maintenant je me sens soulagée. Peu importe que toi tu l'aies racolé par annonce, ce qui compte, c'est que moi je l'ai remarqué sans savoir rien de ça.

ISABELLE : Alors il te plaît ? Fantastique !

Elle l'embrasse.

MAGALI : Ne nous emballons pas. Disons simplement qu'il est possible, et même...

ISABELLE : Tres possible. C'est incroyable. C'est ce qu'il dit de toi, mot pour mot.

MAGALI : Non ?

ISABELLE : Si, si. Exactement.

MAGALI : Mais voilà : j'ai peut-être tout gâché.

ISABELLE : Mais non ! C'est un garçon très intelligent, très sensible. Il aura certainement compris ta réaction.

MAGALI : Tu as l'air de bien le connaître.

ISABELLE : Je l'ai vu trois fois. C'est tout. Mais ça me suffit.

16.

Magali se retourne. Gérald vient d'apparaître sur le seuil de la porte. Elle éclate d'un rire nerveux qui gagne bientôt Isabelle. Gérald les regarde décontenancé.

Conte d'Automne

知道眞象，就算會搞砸也要知道。我在車裏就有預感，可是我不想問，因爲他一定會否認，我不想要他說謊。而且那時我很神經質，很抱歉，但我很氣妳，而我怕把氣出在他身上。我得知道，得好好想想，所以我就走了，而現在我覺得鬆了一口氣。我不在乎妳是從徵友啓事上吊到他的，重點是我在完全不知情的情況下，自己注意到他的。

依莎貝拉：那妳喜歡他嗎？太棒了！

她親了她。

瑪佳麗：可別高興得太早！只是說有可能，甚至……

依莎貝拉：很有可能，眞不可思議！他也是這樣說妳的，一字不差！

瑪佳麗：不會吧？

依莎貝拉：是眞的！

瑪佳麗：但是我可能全搞砸了！

依莎貝拉：不會啦！他是個很有智慧的男人，也很敏感。他應該會諒解妳的反應。

瑪佳麗：你看起來很了解他的樣子。

依莎貝拉：我只見過他三次，但已經夠我了解他了。

選錄16　瑪佳麗與傑哈的僵局化解

瑪佳麗轉身，傑哈正好出現在門口。她緊張得笑了幾聲，依莎貝拉也是。傑哈狼狠地看著他們。

ISABELLE (*à Gérald*) : Vous en faites une drôle de tête ! Alors, vous êtes revenu pour moi ou pour elle ?

GÉRALD (*sèchement*) : Excusez-moi, mais vous comprenez que je n'aime pas tellement être mené en bateau.

ISABELLE : Ne vous fâchez pas ! Je ne vous mène pas en bateau, du moins plus maintenant. Vous êtes revenu pour elle et elle pour vous. C'est merveilleux, non ? Allez, je vous laisse.

MAGALI (*la retenant*) : Non, reste. Je suis revenue pour toi d'abord. Parce que j'avais des choses à te dire et je n'ai pas fini.

GÉRALD : Dans ce cas, c'est moi qui vous laisse. (*Il se tourne vers Magali et s'incline.*) Au revoir, Madame.

MAGALI : Au revoir, Monsieur. Excusez-moi pour tout à l'heure , j'ai été odieuse.

GÉRALD : Moi, si j'avais été à votre place, j'aurais fait pareil. La preuve, c'est qu'ensuite nous avons fait pareil, nous...

MAGALI ET GÉRALD (*ensemble*) : Nous sommes retournés tous les deux !

Ils rient.

Conte d'Automne

依莎貝拉（對傑哈說）：你的表情好好笑！您是回來找我還是找
　　她？

傑哈（冷淡地）：對不起，您知道我不喜歡被耍。

依莎貝拉：您別生氣！我沒有耍您，至少現在沒有。這麼說比較
　　好吧：您是回來找她，而她是回來找您的。好了，我就不
　　打擾你們了。

瑪佳麗（抓住她）：別走，留下來。原先我是回來找妳的，因為
　　我有話跟妳說，而且我還沒說完。

傑哈：這樣的話，該走的是我。（他轉向瑪佳麗並對她鞠躬）夫
　　人，再見。

瑪佳麗：再見，先生。請原諒我剛才的失禮。

傑哈：換成是我，我也會有同樣的反應。事實證明，接著我們也
　　會做同樣的事，我們……

瑪佳麗和傑哈（異口同聲）：我們兩個都回來了！

他們笑開了。

Conte d'Hiver | 冬

CONTE D'HIVER

sorti le 29 janvier 1992

duree : 1h54

Felicie CHARLOTTE VERY

Charles FREDERIC VAN DEN DRIESSCHE

Maxence MICHEL VOLETTE

Loic HERVE FURIC

Elise AVA LORASHI

La mere CHRISTIANE DES BOIS

Amelie ROSETTE

1.

"Chez Maxence" , salon de coiffure.

Maxence, seul à l'intérieur, est au téléphone. Félicie entre, suspend son manteau et enlève son pull. Au moment où Félicie s'avance vers lui, Maxence est en train de raccrocher. Tout joyeux, il va vers Félicie et l'embrasse fougueusement.

FÉLICIE : Oh ! Qu'est-ce qu'il t'arrive ?

MAXENCE : Ça y est ! Ça y est !

FÉLICIE : Ça y est quoi ? Juliette est partie ?

MAXENCE : Mieux. C'est moi qui pars. Je file en voiture. Il faut que j'y sois à deux heures pour l'inventaire.

FÉLICIE : Déjà ! Tu m'avais rien dit !

MAXENCE : Je ne l'ai su qu'hier soir. C'est pas le genre de choses

對於菲莉絲來說，換男人就像剪頭髮一樣的快。判斷的標準在於：比較之後的分數換算。

馬克桑斯跟洛伊兩個人雖然天差地遠，一個陽剛且背景相近；一個溫和而書卷味重，但菲莉絲還是好好的比較了一番，但分數最高的還是因為自己迷糊而聯繫不上的老情人查理，幸好還有一個女兒艾麗茲見證這場愛情。

所有人都不死心的像是一場賭局，將自己的愛情押注在另一個人身上。儘管經過了5年，菲莉絲還深深的相信有一天會再遇到查理，就像兩個注定相遇的靈魂，只是苦了為這場外遇跟元配攤牌的馬克桑斯以及痴痴守候的洛伊。

如果莎翁的劇裡，死亡的雕像可以復活，那屬於聖誕節的冬天裡，還有什麼奇蹟不能發生……，端看相不相信而已。

選錄 1 　 「馬克桑斯美容院」

「馬克桑斯」美容院

馬克桑斯一人在裡頭講電話。菲莉絲走進來，掛起外套，脫掉套頭毛衣。菲莉絲走向馬克桑斯時，他正好掛上電話。他歡天喜地地朝菲莉絲走去，熱情地吻她。

菲莉絲：你是怎麼了？

馬克桑斯：成了！成了！

菲莉絲：什麼成了？茱麗葉走了？

馬克桑斯：還要更好。要走的是我。我得開車去，他們等著我兩　　　　　點去清點存貨。

菲莉絲：這麼快！你竟然沒告訴我！

馬克桑斯：我也是昨天晚上才知道的。這種事總不能在電話上

que je peux dire au téléphone, d'autant que je me doutais que tu devais être chez machin. Je t'avais dit que ça devait se décider avant la fin de l'année : on y est.

FÉLICIE : Et tu reviens quand ?

MAXENCE : Je reste là-bas, je m'installe tout de suite. Je peux pas laisser le magasin fermé pendant les fêtes.

FÉLICIE : Et moi, alors ?

MAXENCE : Toi, tu restes aujourd'hui et demain pour les rendez-vous. Le nouveau gérant vient mardi, il faut absolument que tu sois là. Et puis après, tu me rejoins dès que tu peux.

FÉLICIE : Et ma fille ?

MAXENCE : Ben, il y a des écoles là-bas. Tu auras tout ton temps pour l'inscrire. C'est les vacances.

2.

Sa mère la regarde étonnée. Félicie semble attendre une question qui ne vient pas, puis poursuit :

FÉLICIE : ... voilà : j'ai pris une décision. Je t'avais dit que Maxence allait s'établir à Nevers. Il est parti ce matin et je vais le rejoindre.

LA MÈRE : Tout de suite ?

FÉLICIE : Oui. J'y vais d'abord dimanche pour voir comment c'est. Je reviens, et je repars définitivement après Noël, avec Elise.

LA MÈRE : Si vite ! Je vous croyais brouillés.

FÉLICIE : Non. Mais j'attendais qu'il quitte sa bonne femme. Il n'avait qu'à pas rester chez elle.

LA MÈRE : Mais toi, tu restais bien chez Loïc !

講，何況我知道妳一定在某某人家裡。我跟妳說過應該年
底以前就會決定：果然沒錯。

菲莉絲：你什麼時候回來？

馬克桑斯：不回來了，我要馬上住下來。假期間不能關店。

菲莉絲：那我呢？

馬克桑斯：妳今天和明天留在這裡照顧生意。新的經理禮拜二
　　　　來，妳一定要在這裡。然後妳再盡快去跟我會合。

菲莉絲：我女兒呢？

馬克桑斯：那邊有學校。現在放假，妳有的是時間註冊。

選錄 2　　菲莉絲跟母親談到她的兩個男人

她母親驚訝地看著她。菲莉絲似乎等著她提問題，既然母親
沒有出聲，她便又接著說：

菲莉絲：……是這樣的：我做了一個決定。我跟妳說過馬克桑斯
　　　　要到內非爾開店。他今天早上走了，我要去找他。

母親：馬上就去？

菲莉絲：對，我禮拜天先去看看情況如何。我會回來，等過完聖
　　　　誕節再接艾麗茲到那邊定居。

母親：這麼快！我還以為你們鬧翻了呢。

菲莉絲：沒有，我只是在等他離開他老婆。他只要不跟她住就行
　　　　了。

母親：那妳呢，妳還不是住在洛伊那裡！

FÉLICIE : Je maintenais la pression. J'avais pas de raison de me laisser faire.

LA MÈRE : Félicie ! Ne parle pas comme ça ! Je sais que tu ne le penses pas. C'est méchant pour Loïc. Il sait que tu pars ?

FÉLICIE : J'ai encore rien dit. Je l'ai appris moi-même que ce matin. Avec lui, il faut un minimum de précautions.

LA MÈRE : Il va être désespéré.

FÉLICIE : Désespéré, je ne pense pas. Depuis qu'on se connaît, il s'attend à ce que je le quitte à tout instant. Alors, rien de nouveau. Mais c'est pour moi aussi que ce n'est pas drôle du tout. Je suis très triste de quitter Loic... Tu vois, d'une certaine façon, je l'aime plus que Maxence, si j'étais restée à Paris, jaurai voulu continuer à l'avoir pour ami, mais je crois pas qu'il aurait accepté.

LA MÈRE : Je le comprends. Pourquoi pas pour mari ? Je ne pense pas que tu puisses trouver mieux que ce garçon qui est amoureux de toi et que moi, en tout cas, je préfère mille fois à ton coiffeur.

3.

FÉLICIE : Toi peut-être, mais Loïc n'est pas du tout mon genre d'homme. Au physique comme au moral.

LA MÈRE : Au moral ? Qu'est-ce que tu lui reproches ?

FÉLICIE : Rien. Il est trop intello. C'est bon pour l'amitié mais, à la longue, je me sens diminuée. Je ne sais pas... Il est trop doux...

LA MERE : C'est bien, les hommes doux, c'est rare.

FÉLICIE : Actuellement, pas tant que tu crois.

Conte de Hiver

菲莉絲：這是爲了向他施壓。我怎麼能任由他擺佈？

母親：菲莉絲！別說這種話！我知道你不是這麼想的。這樣對洛伊不公平。他知道你要走嗎？

菲莉絲：我還沒說。我也是今天早上才知道的。跟他說的時候得小心點。

母親：他一定會很失望。

菲莉絲：很失望？不見得。從我們認識那天起，他就知道我隨時會離開他。這也不是什麼新聞。其實我也不好過。要離開洛伊我很難過……你知道嗎？就某方面來說，我愛他更甚於馬克桑斯，要是我留在巴黎，我也想繼續和他作朋友，不過我想他不會答應。

母親：這我能理解。爲什麼不和他作夫妻？我覺得你再也找不到比他更好的人了，他不但愛你，而且和你那個美髮師比起來，我要喜歡他得多。

選錄 3　菲莉絲和母親在比較馬克桑斯和洛伊

菲莉絲：也許你喜歡，可是洛伊實在不是我喜歡的型，不管是外在或內在。

母親：內在？他有什麼地方讓你不滿？

菲莉絲：沒什麼。他太有智慧了。這樣的人當朋友還行，可是久而久之我會覺得矮他一截。我也不知道……他太溫和了……

母親：這才好，溫和的男人不多了。

菲莉絲：現在，可不像你想的那麼少。

LA MÈRE : Mais toi, avec ton caractère, je ne pense pas que tu aimes être dominée.

FÉLICIE : Justement. Je n'aime pas les gens qui tombent quand je souffle dessus. (*Elle rit.*) Je n'aime pas être dominée intellectuellement, mais physiquement, j'aime. J'aime les hommes qui me donnent une impression de force, pas ceux qui sont toujours courbés sur les bouquins.

LA MÈRE : Les deux choses peuvent aller ensemble.

FÉLICIE : Oui, je sais : Charles savait beaucoup de choses, même plus que Loïc, sur certains points, mais par lui-même, pas par les bouquins. Ce qu'il savait , il le tirait directement de la vie.

LA MÈRE : Mais pas Maxence.

FÉLICIE : Maxence ? Ben, lui, il a du goût. Il aime ce qui est beau. Il aime les belles femmes et moi j'aime les beaux hommes.

LA MÈRE : Les beaux hommes ! J'ai toujours pensé que la beauté de l'homme était l'intelligence.

FÉLICIE : Mais qu'est-ce que tu t'imagines ? Il n'est pas si idiot que tu crois. Côté intelligence, il est pas tellement différent de Charles, mais en plus frustre.

LA MÈRE : Frus... te.

FÉLICIE : Fruste ? Bon. Je ne suis pas sûre d'être plus fine que lui.

4.

FÉLICIE : Où qu'il aille, j'étais prête à le suivre. Jamais j'aurais pensé que je pouvais me tromper sur mon adresse. Ça, faut le faire ! Tu vois ma connerie !

MAXENCE : Tu ne savais même pas où tu habitais !

Conte de Hiver

母親：可是以你的個性，應該也不喜歡太強勢的人吧。

菲莉絲：怎麼不。我才不喜歡那些一口氣就能吹倒的人。（笑著）我不喜歡思想上受控制，但外型上我喜歡。我喜歡看起來強壯的男人，卻不喜歡那些整天埋頭書堆的人。

母親：有些人是兩者兼備。

菲莉絲：我知道，像查理懂的就很多，甚至在某些方面比洛伊懂的還多，但他是自己懂的，不是從書上學來的。他的知識都是直接從生活中汲取的。

母親：馬克桑斯卻不是。

菲莉絲：馬克桑斯？他呀，他有品味。他喜歡美麗的事物。他喜歡美麗的女人，而我喜歡俊美的男人。

母親：俊美的男人！我一直以為男人的美在於智慧。

菲莉絲：你是怎麼想的？他沒有你想的那麼笨。說到聰明，他並不比查理差，只是比較沒有經過雕墜。

母親：是雕……琢。

菲莉絲：念琢呀？好吧，我好像也不比他高明多少。

選錄4　菲莉絲談到為何會和孩子的父親失去聯絡

菲莉絲：……不管他上哪兒，我都打算跟著他。我怎麼也沒想到竟然會寫錯地址。了不起吧！瞧瞧我幹的蠢事！

馬克桑斯：你連自己住哪都不知道！

FÉLICIE : Si, mais j'ai pris un mot pour un autre. Tu sais bien, ça m'arrive souvent. C'etait un... Comment ça s'appelle déjà ? un...

MAXENCE : Un lapsus.

FÉLICIE : Oui, voilà c'est ça, un lapsus. Je voulais dire Levallois et j'ai dit Courbevoie. Pourquoi ? C'est comme ça.

MAXENCE : Tu en es sûre ?

FÉLICIE : Maintenant, oui. Mais je m'en suis aperçue que très tard, au bout de six mois, quand j'ai remplies papiers pour la maternité. J'ai refait le même... lapsus. Et alors j'ai compris que je m'étais trompée aussi la première fois.

MAXENCE : Avant de découvrir ça, tû as du penser qu'il t'avait oubliée ?

FÉLICIE : Non. J'ai plutôt pensé qu'il était mort.

MAXENCE : Et l'enfant ? tu n'as pas eu l'idée de ne pas le garder ?

FÉLICIE : Non, ça ne m'a jamais effleurée. C'est contre ma conviction, pas conviction religieuse, parce que la religion et moi... On est plutôt brouillés, mais disons conviction...

MAXENCE : Personnelle...

FÉLICIE : Intime, je dirai. J'aime pas ce qui est contre la nature, enfin... Charles était perdu, tu vois, mais j'avais au moins cet enfant de lui. Tu comprends ? Un enfant et des photos. Lui n'a ni l'un ni l'autre.

MAXENCE : Lui, il a dû penser que tu t'étais foutue de lui.

FÉLICIE : Non.

Conte de Hiver

菲莉絲：當然知道，只是寫錯了字。你也知道我常常這樣，這叫
　　　　什麼來著？叫……

馬克桑斯：筆誤。

菲莉絲：對了，就是筆誤。我要寫勒瓦洛，卻寫成了庫柏瓦。爲
　　　　什麼呢？不爲什麼。

馬克桑斯：你確定嗎？

菲莉絲：現在確定了。不過我一直到六個月後，在婦產科填資料
　　　　時才發現。我又犯了同樣的……筆誤。那時候我才明白第
　　　　一次也弄錯了。

馬克桑斯：你發現之前，一定以爲他把你忘了吧？

菲莉絲：不，我倒以爲他死了。

馬克桑斯：那孩子呢？你沒有想過墮胎嗎？

菲莉絲：沒有，從來沒想過。這違反我的信念，但可不是宗教信
　　　　念，因爲宗教和我……可以說合不來，什麼樣的信念呢…
　　　　…

馬克桑斯：個人信念……

菲莉絲：應該說是內心的信念。總之，我不喜歡違反自然的事情
　　　　……查理沒了，可是我至少還有他的孩子。你明白嗎？有
　　　　個孩子還有照片。他卻什麼也沒有。

馬克桑斯：他一定以爲你在耍他。

菲莉絲：不會。

5.

FÉLICIE : Bonsoir

Elle embrasse Loïc et salue Edwige. Loïc lui présente Quentin.

EDWIGE (*à Félicie*) : Est-ce que tu as lu Le Plus Long des Voyages ?

FÉLICIE : Non.

LOÏC : Rassure-toi : moi, je l'ai lu il y a si longtemps que c'est comme si je ne l'avais pas lu.

EDWIGE : Non c'est pas vrai. On a parlé tout à l'heure de la discussion qu'ils ont au début, sur la réalité du monde à propos de la vache.

QUENTIN : Tu sais, quand il gratte une allumette. Ils sont tous dans la chambre à Cambridge et il y a un personnage qui évoque l'existence de la vache...

EDWIGE (*le coupant*) : Oh oui, mais ça c'est de la philosophie. C'est pas que ça le bouquin.

QUENTIN : Ben oui, mais quand même. C'est très important de poser l'existence de la réalioté du monde.

Félicie s'ennuie et Loïc s'en aperçoit.

EDWIGE : Ah ! Tu as compris ça ?

QUENTIN : Ben, c'est ce qu'il dit dans le premier... dans le premier chapitre.

EDWIGE : Oui, mais alors, Rickie, comment tu l'interprètes ? Il va faire l'expérience de la réalité du monde ?

QUENTIN : Oui, mais il apparaît peu à peu dans l'histoire, le personnage de Rickie. Il apparaît sur le fond de cette histoire philosophique qui commence le livre.

Conte de Hiver

選錄 5　　菲莉絲到洛伊家

菲莉絲：你們好。

她親親洛伊，向艾德打個招呼。洛伊向她介紹康丹。

艾德（對菲莉絲）：你讀過「最漫長的旅程」嗎？

菲莉絲：沒有。

洛伊：沒關係，我好久以前讀的，現在也忘得差不多了。

艾德：才沒有。我們剛剛還在談書一開頭所探討的牛與現實的問
　　　題。

康丹：當他點起一根火柴，他們就全都來到了康橋的房間，那裡
　　　有一個人物提到了牛的存在……

艾德（插話）：沒錯，可是那是哲學，書裡不只提到這個。

康丹：沒錯，但是假設現實的存在是很重要的。

菲莉絲有點無聊，洛伊發現了。

艾德：啊！你是這麼理解的？

康丹：一開始……第一章裡頭就是這麼說的。

艾德：對，可是那麼你如何詮釋李奇？一個將要體驗現實的人
　　　嗎？

康丹：對，不過李奇這個人是漸漸才出現的。一開始的哲學故事
　　　當中，他只是背景人物而已。

6.

FÉLICIE : Je sais que tu n'es pas d'accord. Moi aussi, j'ai beaucoup de peine de te quitter, mais il le faut.

LOÏC : Non. Rien ne t'oblige à te lier à un homme que tu n'aimes pas.

FÉLICIE : Mais j'aime Maxence ! Je t'ai toujours dit que je l'aimais et que c'est pour ça que je n'acceptais pas qu'il reste avec sa nana, même s'il disait qu'il y avait plus rien entre eux.

LOÏC : Ecoute, tu ne m'as jamais dit que tu l'aimais.

FÉLICIE : Et bien, je te le dis.

LOÏC : Ça c'est du nouveau. Tu as toujours prétendu que tu n'aimerais qu'un seul homme, le père de ta fille.

FÉLICIE : Oui, mais il y a amour et amour. Charles, je l'aimais, je l'aime toujours absolument. Maxence, je l'aime d'une autre façon. Toi aussi, je t'aime.

LOÏC : Mais pas d'amour.

FÉLICIE : Mais Maxence non plus, je ne l'aime pas d'amour. Ce n'est pas parce que j'aime faire l'amour avec lui, que je l'aime vraiment d'amour. Je ne sais pas si tu me comprends. Je l'aime comme l'homme avec qui j'aime vivre, tout en pensant que j'aurais mieux aimé vivre avec un autre, mais qui n'est pas là. Il y a des tas de femmes qui aimeraient mieux vivre avec un autre homme que celui avec qui elles vivent. Mais il n'existe pas... C'est un réalité, mais une réalité absente. Et, je vais te dire une chose, c'est peut-être à cause de Charles que je m'en vais. Comme ça, il ne sera plus qu'un rêve, et ce sera peut-être mieux. Tu sais ce qui m'est arrive Vendredi à Paris ? J'ai cru apercevoir Charles dans la rue.

Conte de Hiver

選錄6　　菲莉絲告訴洛伊自己將要離開

菲莉絲：我知道你不同意。其實要離開你我也很難過，但我非走
　　　　不可。

洛伊：你根本無須勉強和你不愛的人在一起。

菲莉絲：可是我愛馬克桑斯呀！我一直都告訴你我愛他，所以我
　　　　才不能忍受他繼續和他老婆在一起，雖然他老是說他們之
　　　　間已經結束了。

洛伊：你從來沒有跟我說過你愛他。

菲莉絲：那我現在告訴你了。

洛伊：這可真是新聞。你總是說你永遠只愛一個人，就是你女兒
　　　　的父親。

菲莉絲：對，可是這種愛和那種愛不同。查理，我以前愛他，現
　　　　在當然也愛他。對馬克桑斯，我是另一種愛。還有你，我
　　　　也愛你。

洛伊：但不是那種愛。

菲莉絲：馬克桑斯也不是，我對他不是愛情。我和他做愛並不代
　　　　表我真的愛他。不知道你明白我的意思嗎。我想跟他住在
　　　　一起，但其實我更想和另一個人同住，可惜那個人不在。
　　　　有很多女人都寧可離開目前的伴侶，和另一個男人一起生
　　　　活。但那個男人卻不存在……那是一個夢。對我來說，這
　　　　個夢是一種現實，但卻是一種不存在的現實。我還要告訴
　　　　你一件事，我也許是因為查理才走的。如此一來，他將永
　　　　遠只是個夢，這樣或許比較好。你知道我禮拜五在巴黎看
　　　　見什麼了？我覺得我在街上看到查理了。

LOÏC : Tu as cru ?

FÉLICIE : C'était certainement pas lui. Mais ce sont des visions que jái des fois. Quand je suis à Paris, je sais que j'ai une toute petite chance de le retrouver, et ça m'obsède. Mais là-bas à Nevers, il y aura zéro chance. Alors j'aurai l'esprit libre.

7.

LOÏC : (*se dégageant*) : Laisse... Laisse, j'aime pas qu'on me console. Bon, puisqu'il faut se quitter, quittons-nous. Mais autant que ça se passe vite. Comme ça traînait, je me suis fait des illusions. C'est fini. C'est mieux, c'est net.

Elle le retient.

FÉLICIE : Non, Loïc, écoute-moi. Je voudrais que tu saches que je suis très triste. Peut-être plus triste que toi.

LOÏC : (*se dégageant à nouveau*) : Tu parles !

FÉLICIE : Tu me manqueras beaucoup comme ami. Je ne pourrai pas te remplacer. Mais moi, je ne te manquerai pas longtemps comme femme. Pas longtemps, j'espère. En restant ici, je t'empêche de trouver la femme de ta vie. Elle existe, j'en suis sûre. C'est une chance pour toi que je parte. Ce n'est pas du bla-bla. Je te le dis du fond du coeur. Il faut me croire.

LOÏC : Mais je te crois ! Je crois que tu le dis du fond du coeur. Tu sais pourquoi je t'aime ? Parce que tu es belle, mais ce n'est pas suffisant...

Ils se prennent la main.

FÉLICIE : Parce que j'ai l'impression de lire dans ton Coeur. Et c'est rare de pouvoir lire dans le coeur des gens.

FÉLICIE : Mais je mens des fois.

Conte de Hiver

洛伊：你覺得？

菲莉絲：因為一定不是他。但我有時候會有這種幻覺。只要我人
在巴黎，我知道還會有一點點機會遇上他，所以心裡就老
想著。但要是去了內非爾，機會等於零。我的心就能自由
了。

選錄 7　洛伊掙扎不願分手

洛伊（掙脫）：放開我……放開我，我不需要同情。好呀，既然
非分手不可，那就分手吧。而且越快越好。要是拖拖拉
拉，我就會抱著幻想。乾脆一點比較好。

她拉住他。

菲莉絲：不，洛伊，你聽我說。我要你知道我很難過，也許比你
還難過。

洛伊（再次掙脫）：說得倒好聽！

菲莉絲：我會很懷念你這個朋友。你是無可取代的。可是你卻不
會懷念我這個女人太久。希望是不會太久吧。我要是留下
來，你就無法找到一生中真正的伴侶。我相信這個人一定
存在。我離開等於是給你一個機會。我不是開玩笑的。這
是我的真心話。你一定要相信我。

洛伊：我當然相信你！我相信你說的是真心話。你知道我為什麼
愛你嗎？因為你很美，但光是這樣還不夠……

他們互相握住對方的手。

菲莉絲：因為我覺得我能看穿你的心思。要看穿一個人的心思是
很難的。

菲莉絲：可是我偶爾也會說謊。

LOÏC : Pas pour les choses importantes. Je ne crois pas que je retrouverai ça chez une autre femme.

FÉLICIE : Ne dis pas ça !

LOÏC : Pourquoi ?

FÉLICIE : Parce que je ne veux pas que ça t'empêche d'en aimer une autre.

LOÏC : Eh bien, tu seras pour moi ce que Charles est pour toi.

FÉLICIE : Ne plaisante pas avec Charles. Ce n'est pas du tout pareil. Tu ne m'aimes pas le centième de ce que j'aimais Charles, et moi, en tout cas, je ne t'aime pas le millième de ce que Charles m'aimait.

8.

AMELIE (*la prenant et l'examinant*) : Tu l'emportes ?

FÉLICIE : Oui. Pourquoi pas ?

AMELIE : Je ne sais pas si ton copain appréciera tellement.

FÉLICIE : Il dira ce qu'il voudra. De toute façon, il n'a rien à dire : c'est le père d'Elise et elle a bien le droit d'avoir la photo de son père dans sa chambre.

AMELIE : Dans ce cas... Tout de même, je ne sais pas...

FÉLICIE : Quoi ?

AMELIE : Je ne sais pas si tu fais bien de lui parler de son père comme ça, tout le temps. Surtout maintenant qu'elle va avoir un père adoptif.

FÉLICIE : Oui, mais elle sait très bien que çe n'est pas son vrai père. Puisque j'ai la chance d'avoir au moins ces photos, je ne vois pas pourquoi je les cacherais. C'est normal qu'un enfant

洛伊：重要的事情你就不會。我想我是不可能在另一個女人身上
　　　找到這樣的特質。

菲莉絲：別這麼說！

洛伊：為什麼？

菲莉絲：因為我不希望你因此而不去愛別人。

洛伊：那麼我對你就像是你對查理一樣了。

菲莉絲：別拿查理開玩笑。這根本是兩碼子事。你對我的愛不及
　　　我對查理的愛的百分之一，而我呢，我對你的愛更不及查
　　　理對我的愛的千分之一。

選錄 8　　菲莉絲和姊姊雅美談到孩子的父親查理

雅美（拿起照片仔細瞧著）：你要帶走？

菲莉絲：是呀，為什麼不帶走？

雅美：不知道你男朋友會不會不高興。

菲莉絲：隨便他怎麼說。反正他也不能說什麼，這是艾麗茲的父
　　　親，她房裡當然可以擺她父親的相片。

雅美：也許吧……可是，我不知道……

菲莉絲：什麼？

雅美：我不知道你老是這樣跟她講她父親的事到底好不好。尤其
　　　是現在她已經快有繼父了。

菲莉絲：對，可是她知道這不是她真的爸爸。我至少能有這些照
　　　片算是幸運的，為什麼要藏起來？讓孩子了解自己的父親
　　　是很正常的事。

sache comment est son père.

AMELIE : Oui, mais s'il a disparu ?

FÉLICIE : Il peut réapparaître, on ne sait jamais. Peut-être quand je serai morte.

AMÉLIE : Ecoute, sérieusement, on ne peut pas compter là-dessus. Tu le sais bien. Tu lui as donné des espoirs qui seront forcément déçus. C'est frustrant pour un enfant.

FÉLICIE : Oui, mais l'espoir, c'est mieux que rien. C'est quand même mieux de pouvoir dire aux petites copines de la maternelle : 《Moi aussi, j'ai un papa. Il est en voyage, mais c'est le plus beau. Na ! 》

9.

FÉLICIE : Mais il n'est pas marin. Il est cuisinier.

AMÉLIE : Mais cuisinier de grand hôtel.

FÉLICIE : Non, de bon petit restaurant. Mon prince charmant est un cuisinier. Tu vois... Si j'avais réussi à économiser assez d'argent, je me serais sentie capable de faire le tour de tous les restaurants d'Amérique.

AMÉLIE : Mais plus maintenant ?

FÉLICIE : Maintenant j'ai fait un choix. Bon ou mauvais, je n'en sais rien. Mais il fallait choisir.

AMÉLIE : Comment ? tu n'en sais rien ?

FÉLICIE : Quand on choisit on ne sait pas, sinon ce n'est pas vraiment un choix. Il y a toujours un risque.

AMÉLIE : Oui, raison de plus de prendre ton temps. Là tu t'es décidée en deux secondes... Et ça te plaît là-bas ?

Conte de Hiver

雅美：對，但是他失蹤了。

菲莉絲：他也可能再次出現，誰知道呢？也許當我死的時候。

雅美：說真的，你不能有這種念頭。你自己也知道。你讓她抱有
　　　幻想，將來一定會失望。這樣孩子會有挫折感。

菲莉絲：對，但是有希望總比什麼都沒有要好。這樣她在幼稚園
　　　裡就可以對小朋友說：「我也有爸爸。他去旅行了，可是
　　　他是最好看的爸爸哦！」

選錄9　　菲莉絲動身前與雅美的談話

菲莉絲：可是他不是水手，他是廚師。

雅美：但是大飯店的廚師。

菲莉絲：不是，是小餐館。我的白馬王子是個廚師。你知道嗎？
　　　當時要是我存夠了錢，我很可能會到美國的每一家餐廳去
　　　找找。

雅美：現在不了？

菲莉絲：現在我作了選擇。好不好，我不知道。但我必須選擇。

雅美：什麼叫你不知道？

菲莉絲：要作選擇就表示我們不確定，否則就不用選了。選擇總
　　　是有風險。

雅美：所以才更要慢慢來。你竟然只花了兩秒鐘……你喜歡那邊
　　　嗎？

FÉLICIE : Oui. C'était difficile de juger, parce que c'était dimanche. Mais Nevers est une ville assez importante et pas triste du tout.

AMÉLIE : Si tu veux changer d'avis, il est encore temps. Du moment que tu n'es pas partie...

FÉLICIE : Mais pourquoi veux-tu que je change d'avis ?

AMÉLIE : Je ne te sens pas très enflammée...

FÉLICIE : Enflammée pour la ville ?

AMÉLIE : Pour la ville et pour le mec.

FÉLICIE : J'ai été une fois enflammée par un mec. Ça me suffit.

10.

Le salon de coiffure, 12 heures.

Félicie a terminé avec sa cliente.

FÉLICIE : Je rentre à Paris.

MAXENCE : Quoi ?

FÉLICIE : C'est décidé. Je rentre a Paris.

MAXENCE : Et pourquoi ?

Félicie ne répond pas.

... Dis-moi au moins pourquoi... Qu'est-ce que tu as subitement contre moi ?

FELICIE : Je n'ai rien contre toi de spécial.

Elle s'éloigne.

... Rien n'est changé, sois sûr. Je t'aime toujours comme avant. Ni plus, ni moins.

菲莉絲：喜歡。其實還說不準，因為那天是禮拜天。不過內非爾
　　　　還算是個大城市，一點也不悶。

雅美：要是你想改變心意，現在還來得及。趁現在還沒走……

菲莉絲：我為什麼要改變心意？

雅美：因為我覺得你並不是很興奮……

菲莉絲：你是說對城市？

雅美：對城市還有對人。

菲莉絲：曾經有一個男人讓我興奮過，這就夠了。

選錄10　　菲莉絲想要回巴黎

美髮沙龍，十二點

菲莉絲剛替客人做完頭髮。

菲莉絲：我要回巴黎。

馬克桑斯：什麼？

菲莉絲：我決定了，我要回巴黎。

馬克桑斯：為什麼？

菲莉絲沒有回答。

……你至少說個原因啊……有什麼事讓你忽然對我不滿？

菲莉絲：我沒有什麼對你不滿的。

她走了開來。

……一切都還是老樣子，真的。我還是像以前一樣愛你。不
多也不少。

MAXENCE : Alors ?

FÉLICIE : Je ne t'aime pas assez pour rester avec toi.

MAXENCE : Assez ? Comment《assez》?

FELICIE : Assez, assez. Je ne pourrais rester qu'avec un homme que j'aimerais a la folie. Je ne t'aime pas a la folie. C'est tout.

MAXENCE : C'est complètement fou ce que tu dis.

FELICIE : Oui, je sais. C'est complètement fou d'aimer quelqu'un à la folie. Mais moi, je suis folle. Il faut me prendre comme je suis. Tu ne vas pas te lier à une folle, pour la vie ?

MAXENCE : Non, tu n'es pas folle.

FELICIE : J'ai été folle de décider en deux secondes de partir avec toi.

MAXENCE : Tu décides bien maintenant, en deux secondes, de t'en aller.

FELICIE : Oui, mais c'est pas pareil.

MAXENCE : Je ne vois pas la différence.

FELICIE : Si ! Parce que, quand j'ai pris ma première décisoin, je me suis décidée pour me décider. Je n'y voyais pas clair.

MAXENCE : Et maintenant ? Tu vois clair ?

FELICIE : Très clair. Jamais dans ma vie je n'ai vu aussi clair. Brusquement les choses sont devenues claires. Voilà.

MAXENCE : Et tu as vu quoi ?

FELICIE : Ce que je t'ai dit. Que je ne devais pas me lier avec quelqu'un que je n'aimais pas à la folie... Pour toi, ça c'est des mots. Mais pour moi, c'est pas des mots. Je dis pas :《J'ai

馬克桑斯：那爲什麼？

菲莉絲：我愛你不夠深，沒法和你一起生活。

馬克桑斯：不夠？什麼叫不夠？

菲莉絲：不夠就是不夠。我只能和我瘋狂愛戀的男人一起生活。
　　　　但我並不瘋狂愛戀你。如此而已。

馬克桑斯：你眞是瘋了才會說這種話。

菲莉絲：我知道。瘋狂愛戀一個人的確是瘋了。但我就是個瘋
　　　　子。你只能接受事實。你該不會想和一個瘋子牽扯一輩子
　　　　吧？

馬克桑斯：不，你沒有瘋。

菲莉絲：我就是瘋了，才會在兩秒鐘之內決定跟你走。

馬克桑斯：你現在也是兩秒鐘內就決定離開。

菲莉絲：對，但情況不同。

馬克桑斯：我不覺得有什麼不同。

菲莉絲：當然有了！當我作第一個決定的時候，是爲了決定而決
　　　　定，所以沒有看清楚。

馬克桑斯：那現在呢？你看清楚了？

菲莉絲：非常清楚。我這輩子從來沒有看得這麼清楚過。突然間
　　　　所有的事情都變得很清晰。

馬克桑斯：你看到什麼了？

菲莉絲：我剛才說的呀。我不能和一個我不瘋狂愛戀的人生活在
　　　　一起……對你來說，這些只是空話，但對我卻不是。我說
　　　　的不是：「我明白了」，而是：「我看到了」。這也沒什麼

compris》 , je te dis : 《J'ai vu》 . Il y a pas à discuter. C'est comme ça.

11.

L'appartement de la mère, fin d'après-midi.

Felicie et Elise entrent avec leurs bagages.

LA MÈRE : Bonjour ! Mais qu'est-ce qu'il y a ?

FÉLICIE : Bonjour maman ! Y a rien. Rassure-toi. J'ai changé d'avis.

LA MÈRE : Vous vous êtes disputés ?

FÉLICIE : Même pas. Il a été très gentil ; il n'a pas cherché à me retenir. J'avais plutôt des scrupules parce qu'il m'avait présentée comme sa femme. Alors c'est plutôt moche pour sa res-pect-abilité, mais il s'en fout.

LA MÈRE : Qu'est-ce que tu en sais ?

FÉLICIE : Il me l'a dit.

LA MÈRE : Et de toi ? Il s'en fout aussi ?

FÉLICIE : Non, mais il comprend.

LA MÈRE : Mais qu'est-ce qu'il comprend ?

FÉLICIE : Qu'il ne faut pas vivre avec une femme qui ne vous aime pas.

LA MÈRE : Tu m'avais pourtant dit que tu l'aimais.

FÉLICIE : Mais pas assez pour vivre avec lui.

LA MÈRE : Bon, enfin. Je ne vois pas pourquoi je le défendrais, puisque j'ai toujours pensé que c'était le mauvais choix.

FÉLICIE : Il n'y a pas de bon ni de mauvais choix. Ce qu'il faut c'est que la question du choix ne se pose pas.

Conte de Hiver

好爭辯的，事情就是這樣。

選錄11　　菲莉絲回到巴黎

母親的住處，傍晚

菲莉絲與艾麗茲提著行李進入

母親：嗨！這是怎麼回事？

菲莉絲：媽！沒什麼，放心好了。我改變主意了。

母親：你們吵架了？

菲莉絲：沒有。他好得很，沒有強留我。只是他向別人介紹說我
　　　　是他的妻子，讓我覺得不安。這可能有損他的面子，不過
　　　　他不在乎。

母親：你怎麼知道？

菲莉絲：他說的。

母親：那你呢？他也不在乎你嗎？

菲莉絲：不是，但他能了解。

母親：他了解什麼？

菲莉絲：你不能和一個不愛你的女人一起生活。

母親：可是你跟我說你愛他。

菲莉絲：還不夠深，所以沒法和他一起生活。

母親：好吧，反正我一直覺得他是個錯誤的選擇，我又何必替他
　　　　說話？

菲莉絲：選擇是沒有對錯的。最好是可以不用選擇。

LA MÈRE : Il faudra bien choisir, un jour, Félicie.

FÉLICIE : Bon. J'ai fait un choix. C'est du passé. C'est du passé, n'en parlons plus... Pour le moment, je veux avoir l'esprit clair. Je vais tâcher de trouver un petit deux-pièces où je pourrai prendre Elise. Pour le travail, pas de porblème, je sais qu'ils aimeraient bien m'avoir chez Lucie Saint-Clair. J'espère que ça tient toujours.

LA MÈRE : Et Loïc ?

FÉLICIE : Ben, Loïc.

12.

Bibliothèque municipale.

Félicie entre et se dirige vers le bureau de l'accueil ou Loïc est en train de compulser des papiers.

LOÏC : Félicie ! Tu n'es pas encore partie ?

FÉLICI E : Si, mais je suis rentrée.

LOÏC : Rentrée ?

FÉLICI E : Je te dérange ?

LOÏC : Non. Non, viens dans mon bureau.

Ils passent dans une pièce exigué?

LOÏC : Et Maxence ?

FÉLICIE : Il est resté. Je le quitte.

LOÏC : Ah, oui ! Assieds-toi.

FÉLICIE : Le plus bizarre, c'est qu'on s'est meme pas disputés. Enfin, à peine. pas En fait, il a eu un mot qui m'a blessée : c'est la goutte d'eau qui a fait déborder le vase.

母親：菲莉絲，你遲早都要選擇的。

菲莉絲：我已經選了。事情已經過去，我們不要再說了……現在我要保持頭腦清醒。我要去找一間一房一廳的小公寓，接艾麗茲同住。至於工作，沒有問題，我知道露西聖克萊那裡想找我去，但願他們現在還沒改變心意。

母親：那洛伊呢？

菲莉絲：洛伊呀。

選錄12　　菲莉絲到洛伊的辦公室看他

市立圖書館。

菲莉絲走進去，朝服務台辦公室走，洛伊正在查閱文件。

洛伊：菲莉絲！妳還沒走？

菲莉絲：走了，不過又回來了。

洛伊：回來？

菲莉絲：打擾你了嗎？

洛伊：不會，到我辦公室來吧！

他們到一間狹小的辦公室裡。

洛伊：那馬克桑斯呢？

菲莉絲：他留在那邊。我離開他了。

洛伊：哦！坐吧。

菲莉絲：最奇怪的是，我們甚至連架都沒吵。有啦，但只是爭執幾句。其實是，他說了一句話刺傷了我：那話就像花瓶邊緣的一滴水，於是就溢了出來。

LOÏC : Et alors, avant ? Qu'est-ce qu'il y a eu ?

FÉLICIE : Rien. Je ne sais pas, une impression. Ça collait plus.

13.

LOÏC : Viens t'installer chez moi. On peut aménager la chambre du haut.

FÉLICIE : Si j'ai quitté Maxence, c'est sûrement pas pour me remettre avec toi.

LOÏC : Mais là, je te propose de vivre simplement chez moi en amie.

FÉLICIE : C'est très gentil mais tu sais bien que tu ne penses pas ce que tu dis.

LOÏC : Si, je le pense. Mais je pensais que tu dirais non.

FÉLICIE : Alors pourquoi me l'as-tu demandé ?

LOÏC : Parce que, peut-être, je pourrais te convaincre.

FÉLICIE : Non, je ne vais pas recommencer. Et si j'abite un jour chez un homme, ce ne sera sûrement pas chez toi.

Elle le regarde et sourit.

FÉLICIE : Ne fais pas cette tête ! Tu sais pourquoi ? ... Parce que je t'aime. Pas assez pour me lier à toi pour toujours, mais assez pour ne pas continuer à gâcher ta vie.

LOÏC : Mais tu ne la gâches pas.

FÉLICIE (*s'éloignant*) : Tu ne vas pas recommencer ! Mon départ aura eu au moins ça de bon : clarifier la situation. Maintenant, on poura vraiment être amis. Tu ne veux pas ?

Conte de Hiver

洛伊：在那之前呢？發生了什麼事？

菲莉絲：什麼事也沒有⋯⋯我也不知道，就是一種感覺。覺得不
　　　　對頭了。

選錄13　　「我愛你，但是還沒有愛到要和你一起生活」

洛伊：來我家住吧。我們可以把樓上的房間整理整理。

菲莉絲：我離開馬克桑斯可絕對不是為了再跟你在一起。

洛伊：我只是提議妳住到我家來，像朋友一樣。

菲莉絲：你真好，但你很清楚你心裡不是這麼想的。

洛伊：是！我是這麼想。但我想妳會說不。

菲莉絲：那你為什麼還要我搬去住？

洛伊：因為，也許，我可以說服妳。

菲莉絲：不要，我不要重蹈覆轍。如果哪天我住到哪個男人家，
　　　　一定不會是你家。

她看著他，微笑。

菲莉絲：別垂頭喪氣的！你知道為什麼嗎？⋯⋯因為我愛你。我
　　　　對你的愛不足以讓我永遠和你廝守，但卻足以讓我不再繼
　　　　續破壞你的生活。

洛伊：妳沒有破壞我的生活。

菲莉絲（走開身）：你別又這個樣子！至少我離開還有好的一
　　　　面：就是釐清情況。現在，我們真的可以做朋友了。你不
　　　　願意嗎？

LOÏC (*après réflexion*) : D'accord.

FÉLICIE : D'accord, d'accord ?

LOÏC : D'accord, d'accord.

14.

LOÏC : Et tu as prié ?

FÉLICIE : Pas prié comme on m'a appris quand j'étais petite. A ma façon. Ce n'était pas une prière. C'était, comment dire, une réflexion.

LOÏC : Une méditation.

FÉLICIE : C'est ça. Tu sais, quand on a l'esprit occupé par quelque chose, quand on a à prendre des décisions, quand on n'a pas bien dormi, tu as une certaine excitation dans ta tête qui fait que tu penses beaucoup plus vite et que tout paraît clair. Eh bien, j'ai ressenti ça, mais d'une façon mille fois plus forte. Brusquement tout est devenu clair, d'une façon...

LOÏC : Eblouissante.

FÉLICIE : Ah non, j'étais pas éblouie. Je voyais au contraire très nettement.

LOÏC : Et qu'est-ce que tu as vu ?

FÉLICIE : C'est difficile à dire. J'ai pas pensé : j'ai vu, j'ai vu ma pensée. Tous les raisonnements que je faisais pour savoir si je devais partir ou pas partir je les ai faits en un éclair. Et là, j'ai vu, j'ai 《vu》 ce que je devais faire, et j'ai 《vu》 que je ne me trompais pas.

LOÏC : Tu veux dire retourner à Paris ?

FÉLICIE : Avant, je me cassais la tête pour choisir, et là j'ai vu qu'il

洛伊（思考之後）：好吧。

菲莉絲：好吧，好？

洛伊：好吧，好。

選錄14　　菲莉絲和洛伊在車上聊天

洛伊：你禱告了嗎？

菲莉絲：不是像小時候在教堂那樣禱告，而是用我自己的方式。
　　　　不是真的禱告，而是……怎麼說呢……一種沉思。

洛伊：沉思冥想。

菲莉絲：對。你知道嗎……有時心裡有事，有決定要做，沒睡好
　　　　時，會有點亢奮，思緒特別快，特別清楚。我當時就是這
　　　　種感覺，而且感受比平常強烈千百倍。突然之間所有事情
　　　　都變得清晰了，而且讓我覺得……

洛伊：目眩神迷……

菲莉絲：沒有，我沒有目眩神迷。剛好相反，當時我看得很清
　　　　楚。

洛伊：妳看到什麼？

菲莉絲：很難解釋。我不是在想事情，而是看到了，我看到了我
　　　　的思緒。之前所有我考慮的該離開或不該離開的理由，全
　　　　在一瞬間釐清了。那一刻我看到了，「看到」我該怎麼
　　　　做，還「看到」我這麼做是對的。

洛伊：你是指回來巴黎？

菲莉絲：以前我想破了頭也無法決定，但當時我明白了：我根本

n'y avait pas à choisir, que je n'étais pas obligée de me décider pour quelque chose que je ne voulais pas vraiment. Ce que je dis, ça paraît banal. J'y avais déjà pensé, mais, ça ne me paraissait pas évident, comme ça m'a paru tout à coup. Enfin. C'est dur à expliquer.

LOÏC : Je comprends. Ca m'est jamais arrivé à ce point, mais j'ai connu deux ou trios fios ces moments de lucidité.

15.

LOÏC : Si j'étais Dieu, je te chérirais tout particulièrement.

FÉLICIE : Et pourquoi ?

LOÏC : Parce que tu as été malheureuse d'une façon très injuste et que tu es capable de sacrifier tout, ta vie, ton bonbeur, à un amour qui n'est même pas présent.

FÉLICIE : Alors, si Dieu m'aime, qu'il me rende Charles.

LOÏC : Ne va pas si vite. Je ne sais pas si c'es ça qu'il faut lui demander.

FÉLICIE : Mais je ne lui demande rien ! Je n'ai pas pensé à Dieu du tout, même si j'y pense des fois. J'ai pensé, tu sais, dans cette seconde, qui était pleine de choses, que j'étais seule au monde, seule dans l'univers et que c'était à moi de jouer, et, que je n'avais pas à me lisser faire ni par les uns ni par les autres, ni par rien.

LOÏC : Mais ça ne te fera pas retrouver Charles ?

FÉLICIE : Ça m'empêchera de faire des choses qui m'empecheraient de le retrouver. Et puis tu sais, j'ai pensé à autre chose, dans cette même seconde. T'as peut-être raison.

Conte de Hiver

不必做決定，不必為了我並不是真心希望的事而非要做決定。我說的這些聽起來沒什麼稀奇，我之前也想過，但卻不像我在那一瞬間看到的，那麼理所當然。總之這很難解釋。

洛伊：我懂。我的感受雖沒有像你那麼深刻強烈，但有過兩三次突然覺得清明的經驗。妳知道，那些信仰宗教的人往往跟妳一樣，在教堂裡得到一些啟示。

選錄15

洛伊：如果我是上帝，我會特別眷顧妳。

菲莉絲：為什麼？

洛伊：因為妳曾經那麼不快樂，而那非常不公平。而且妳為了一份眼前並不存在的愛，可以犧牲一切，包括妳的生活，妳的幸福。

菲莉絲：所以囉，如果上帝愛我，就把查理還給我。

洛伊：別那麼急。我不知道這是否就是妳該向上帝要求的。

菲莉絲：我對祂什麼要求也沒有！當時我根本沒想到上帝，雖然平常我有時會想到祂。在那同時發生許多是的一秒鐘裡，我想到我在這世上，在這宇宙間是孤獨的一個人，一切全操之在我，我不要讓任何人任何事左右我。

洛伊：如果找到查理妳也不會改變嗎？

菲莉絲：凡是會阻礙我找到他的事，我都不會去做。而且你知道嗎……在那一瞬間，我還想到了別的事。也許你是對的。我要找到他的機會微乎其微，再說他可能已經結婚了，或

J'ai que très peu de chances de chances de le retrouver et puis, après tout, il est possible qu'il soit marié ou qu'il m'aime plus. Mais c'est pas une raison pour que je renonce.

LOÏC : Mais enfin, si toi-même avoues que tes chances sont pratiquement nulls, tu ne vas pas gâcher ta vie pour...

FÉLICIE : Si, parce que, si je le retrouve, ça sera une chose tellement magnifique, une joie tellement grande que je veux bien donner ma vie pour ça. D'ailleurs, je ne la gâcherai pas. Vivre avec l'espoir, je pense que c'est une vie qui en vaut bien d'autres.

LOÏC : Tu sais ce que tu dis ?

FÉLICIE : Oui. Et je le pense, même si ça paraît idiot.

LOÏC : Ça me paraît d'autant moins idiot que quelqu'un de très intelligent l'avait dit avant toi, presque mot pour mot. Je ne pense pas que tu l'aies lu.

FÉLICIE : Qui ça ? Shakespeare ?

LOÏC : Non, non. Non, Pascal.

16.

Pavillon de Loïc, le soir.

Ils sont de retour. Elise dessine. Félicie et Loïc conversent.

FÉLICIE : Que diraient tes parents ? Tu m'as dit qu'ils étaient très catho.

LOÏC : Oui, mais ils ont l'esprit large. Effectivement, si je te présentais à eux, ils penseraient que je veux t'épouser.

FELICIE : Et ça leur plairait que leur fils épouse une... une fille-mère ?

Conte de Hiver

者已經不愛我了。但我不會因此而放棄。

洛伊：唉，既然妳自己都承認你的機會微乎其微，就不要賠上妳
　　　的一生，就爲了……

菲莉絲：不是的，因爲如果我找到他，將會是件無比美好幸福的
　　　　事，我願意用一生來換。再說我並沒有耽誤我的人生。我
　　　　想活在希望裡的人生比任何的人生都值得。

洛伊：妳知道自己在說些什麼嗎？

菲莉絲：知道，而且我的確這麼想，雖然聽起來很愚蠢。

洛伊：我倒覺得並非這麼愚蠢，因爲有個很聰明的人比你先說過
　　　這話，而且幾乎是一字一句不差。我想你應該沒讀過他的
　　　書吧。

菲莉絲：誰？莎士比亞嗎？

洛伊：不，不是。是巴斯卡。

選錄16　　菲莉絲和女兒到洛伊家

晚上，在洛伊家。

他們回到家。艾麗茲在畫畫，菲莉絲和洛伊在交談。

菲莉絲：你的父母會怎麼說？你告訴過我，他們是很虔誠的天主
　　　　教徒。

洛伊：但是他們很開明。的確，如果我介紹你跟他們認識，他們
　　　會以爲我想要娶你。

菲莉絲：他們會願意自己兒子娶個……未婚媽媽嗎？

LOÏC : Tu sais, à notre époque...

FÉLICIE : Oui, mais je ne suis neuve ni divorcée. Charles peut réapparaître d'un moment à l'autre.

LOÏC : D'un moment à l'autre ! Mais personne n'y croit. Toi-même tu m'as dit que tu n'y croyais plus tellement. Même la femme la plus sérieuse court plus de risques d'être séduite par un inconnu que toi de rencontrer le père de ta fille, en supposant qu'il t'aime encore. C'est le raisonnement que tout le monde fait.

FÉLICIE : Et bien, les gens se trompent. Ils ne voient les choses que de l'extérieur. Que Charles réapparaisse ou non, c'est pas là l'essentiel. Il reste dans mon coeur, et c'est pourquoi je ne peux donner mon coeur à personne d'autre.

LOÏC (*la serrant dans ses bras*) : Tu dis que tu t'exprimes mal, mais tu sors parfois des phrases qui sont magnifiques.

FÉLICIE : Oui, c'est parce que c'est le sentiment qui parle... (*se dégageant*) Bon on va monter... Bonsoir.

17.

Bus de banlieue, 16 heures.

Le bus va partir. Félicie et Elise vont s'asseoir. En face d'elles un couple est déjà installé. Felicie, occupée à caler son sac sur ses genoux, regarde d'abord la jeune femme, qui sourit à Eilse. Félicie met de la crème sur les lèvres de sa fille qui a les yeux rivés sur l'homme en lequel elle a reconnu Charles.

FÉLICIE : Fais voir ta bouche... Ferme ta bouche. Assieds-toi bien !

Charles a senti que la petite fille le devisageait et lui sourit. Puis son regard remonte vers Félicie. Elle le regarde à son tour.

Conte de Hiver

洛伊：都什麼時代了……

菲莉絲：沒錯，但我既不是寡婦也沒離婚。查理隨時有可能出現。

洛伊：隨時！誰信哪！妳自己都告訴過我，妳已經幾乎不抱希望了。就算是最嚴肅正經的女人都寧願賭一賭讓陌生人追求的風險，而不是像妳一樣，一心想再遇見妳女兒的爸爸，而且還假想著他還愛著妳。大家都會這麼想的嘛。

菲莉絲：大家都錯了。他們都只從表面看事情。查理會不會再出現，並不是最重要的。他永遠在我心裡，這也是我不願意把我的心交給別人的原因。

洛伊（將她摟在懷中）：妳說妳表達能力不好，但妳有時會說出一些很棒的話。

菲莉絲：嗯，因為那是真情的話語……（走開身去）我們要上去了……晚安。

選錄17　　菲莉絲與查理重逢

下午四點，郊區的公車上

公車要開了，菲莉絲和艾麗茲正要坐下。她們對面坐著一對男女。菲莉絲一邊把袋子放在膝蓋上，一邊看的對面的年輕女子，她正對艾麗茲微笑。菲莉絲幫女兒擦上潤唇膏，小女娃盯著對面男人看，認出他是查理。

菲莉絲：我看看你的嘴巴……閉上。坐好。

查理察覺小女孩在盯著他看，並朝他微笑。然後他的目光往上移到菲莉絲身上。這會兒輪到她看著他。

CHARLE : Félicie !

Félicie est comme pétrifiée. Il y un silence. C'est elle qui le rompt la première.

FÉLICIE : Tu es en France ?

CHARLES : Pas depuis longtemps. C'est ta fille ?

FÉLICIE : Si tu savais comme je suis conne...

CHARLES : Tu aurais pu me le dire. J'aurais très bien compris.

FÉLICIE : Mais non. Qu'est-ce que tu vas croire ? C'est pas ça. Je me suis trompée de ville.

CHARLES : Quoi ?

FÉLICIE : J'ai dit Courbevoie au lieu de Levallois.

CHARLES : Levallois ? Et pourquoi ?

FÉLICIE : Pour rien, comme ça, par connerie. C'est un lapsus.

CHARLES : Non !

FÉLICIE : Hé, si !

Charles se tourne vers sa compagne qui écoute, intéressée.

CHARLES (*les présentant l'une à l'autre*) : Félicie, Dora.

DORA : Bonjour. Charles m'a parlé de vous. Mais c'est affreux cette histoire.

CHARLES : Et moi, j'ai fait la connerie de ne pas lui laisser d'adresse du tout.

18.

Félicie est déjà descendue et le conducteur manoeuvre la fermeture.

《La porte s'il vous plaît !》, crie-t-il.

Conte de Hiver

查理：菲莉絲！

菲莉絲像是嚇壞了，一楞一楞的。一陣沉默。還是她先打破沉默。

菲莉絲：你在法國？

查理：才回來不久。這是妳女兒？

菲莉絲：你不知道我有多蠢……

查理：妳當時應該告訴我的……我會理解的。

菲莉絲：不是這樣的。你想哪去了？事情不是這樣的。我搞錯城市名了。

查理：什麼？

菲莉絲：我把勒瓦洛說成庫柏瓦。

查理：勒瓦洛？為什麼？

菲莉絲：沒為什麼，就是說錯了，我做了蠢事。口誤。

查理：不會吧！

菲莉絲：沒錯！

查理轉頭看身旁的女伴，她正專心地聽著。

查理（介紹兩人）：菲莉絲，朵拉。

朵拉：你好，查理跟我說過妳。你們的事真是慘。

查理：而我卻根本沒把地址給她，實在蠢極了。

選錄18　菲莉絲和查理誤會冰釋

菲莉絲已經下了車，公車司機把車門關上。

查理大喊：「請開門！」

La porte s'ouvre et il se précipite à l'extérieur.

Arrêt de bus.

Félicie a déjà pris de l'avance. Elise n'arrive pas à la suivre.
Mais Charles, en deux pas, les rejoint.

FÉLICIE (*se retournant*) : Qu'est-ce que tu fais ? Tu es fou ?

CHARLES : C'est toi qui es folle ! Donne-moi au moins ton adresse.

FÉLICIE : Tu as laissé ta femme dans le bus ?

CHARLES : Mais ce n'est pas ma femme. C'est une copine. T'en fais pas pour elle. Si tu ne veux pas me donner ton adresse, laisse-moi au moins te donner la mienne. Comme ça, tu n'auras pas peur que je trouble ta vie.

FÉLICIE : Et toi, tu n'as pas peur que je trouble la tienne ?

CHARLES : Moi, non. Je n'ai pas de femme dans ma vie, en ce moment. Et en tout cas, pas d'enfant.

FÉLICIE : Pas de femme. Pas d'enfant. Vraiment ?

CHARLES : Pourquoi je te raconterais des histoires ?

FÉLICIE : Pour la femme, je te crois, mais pour l'enfant...

CHARLES : Non ! Tu ne vas pas dire que c'est ma fille !

FÉLICIE : Si, tu ne trouves pas qu'elle te ressemble.

CHARLES : Et tu fuyais ! C'est de la folie !

FÉLICIE : Je pensais que tu étais pris.

CHARLES : Mais enfin, même si je m'étais marié, ou... Je sais pas...

FÉLICIE : J'aurais pas supporté.

Conte de Hiver

車門開了，他急忙下車。

公車站。

菲莉絲已經走遠了。艾麗茲落在後面跟不上。不過查理兩三步就追上了她們。

菲莉絲（回頭）：你幹嘛？你瘋了嗎？

查理：你才瘋了！至少給我妳的地址吧！

菲莉絲：你把老婆丟在公車上？

查理：她不是我老婆啊！是一個朋友。你別在意她。如果妳不肯給我妳的地址，起碼讓我給妳我的吧。這樣妳就不必怕我打擾妳的生活了。

菲莉絲：那你呢？你就不怕我打擾你生活嗎？

查理：我，不怕。現在我的生活裡沒有伴侶。總之是沒有小孩。

菲莉絲：沒有伴侶，沒有小孩。眞的嗎？

查理：我幹嘛要騙妳？

菲莉絲：沒有伴侶我相信，至於小孩……

查理：不會吧！妳的意思不會是……她是我女兒！

菲莉絲：沒錯！你不覺得她長得像你嗎？

查理：既然這樣妳還跑！眞是瘋了！

菲莉絲：我以爲你已經有伴侶了。

查理：可是……唉……就算我已經結婚了，或是……我不曉得啦……

菲莉絲：那我會受不了的。

19.

FÉLICIE : Mais dis-moi, tout ce temps là, t'as quand même connu des femmes ?

CHARLES : Oui. Mais ça n'a jamais très bien marché. Il y en a eu deux. Je les ai quittées sans regrets. Dora, celle de tout à l'heure, je la connaissais avant toi. On se voit chaque fois que je passe à Paris, et puis on se raconte notre vie. Là, j'aurai pas besoin de lui raconter, tiens! Et toi ? Tu as bien quelqu'un dans ta vie ?

FÉLICIE : J'avais. Je l'ai quitté il y a quinze jours pour un autre.

CHARLES : Et l'autre alors?

FÉLICIE : Je l'ai quitte il y a huit jours pour toi !

CHARLES : Pour moi ? Tu ne savais pas qu'on allait se rencontrer ?

FÉLICIE : Ah si ! C'était une prémonition.

CHARLES : Tu sais que je vais m'installer en France ?

FÉLICIE : A Paris ?

CHARLES : Non, non. En Bretagne, mais pas dans l'île : au bord du golfe. Tu viendrais avec moi?

FÉLICIE : Je ne sais pas. Mais qu'est-ce que je ferai ?

CHARLES : Tu m'aideras.

FÉLICIE : A la cuisine ?

CHARLES : Non, non. A la caisse ou à la réception. Comme tu voudras.

FÉLICIE : Alors, je serai la patronne. Avec toi, j'aimerai ça.

CHARLES : Dans ce cas, c'est d'accord ?

Conte de Hiver

選錄19　　菲莉絲帶查理回母親的家

菲莉絲：你說，這麼多年來，你總有女朋友吧？

查理：有是有。但一直都不太順利。我有過兩個女朋友。我不後
　　　悔離開她們。朵拉，就是剛剛那個，我在認識妳之前就認
　　　識她了。每次我到巴黎來我們都會見面，互相聊聊近況。
　　　不過剛剛那一幕我就不必再向她敘述了！妳呢？妳有男朋
　　　友或丈夫吧？

菲莉絲：本來有。兩星期前我爲了另一個人離開了他。

查理：那另外那個呢？

菲莉絲：八天前我爲了你離開了他！

查理：爲了我？妳又不知道我們會再見面！

菲莉絲：知道！我是預知。

查理：妳知道我要回來法國定居嗎？

菲莉絲；在巴黎嗎？

查理：不是。在布列塔尼，不過不是在島上：是在海灣旁。妳會
　　　跟我去嗎？

菲莉絲：不知道。我去做什麼呢？

查理：妳可以幫我的忙。

菲莉絲：在廚房裡嗎？

查理：不是。妳可以負責收銀或招待。看妳的意思。

菲莉絲：那麼，我要當老闆娘。老闆是你，這樣我願意。

查理：就這樣，答應了？

FÉLICIE : Attends. Récemment j'ai dit oui tout de suite pour des choses qui ne m'engageaient pas totalement. Mais cette fois-ci, c'est quand même infiniment plus sérieux.

Elle rit.

CHARLES : Je le pense aussi.

Elle l'embrasse. Quand elle recule, il voit qu'elle a les yeux mouillés de larmes.

Qu'est-ce que tu as, Félicie ? Tu pleures ?

Elle se blottit contre lui, tandis qu'il lui caresse la nuque, puis elle relève la tête et éclate de rire, au milieu des larmes.

FÉLICIE : Je ne pleure pas ! Je pleure de joie.

菲莉絲：嘿……最近有些我不是眞的很有興趣的事，卻一口答應了。不過這回可是非常認眞的。

她笑了。

查理：我想也是。

她吻他。她往後退時，他看見她的眼睛被淚水弄濕了。

查理：菲莉絲，怎麼了？妳在哭啊？

她縮在他懷裡，他撫摸著她的後頸，她抬起頭來，在淚光中，開懷地笑了。

菲莉絲：我不是哭！是喜極而泣。

後記

　　看一位導演的電影，和爲這位導演做一本書，是認識和理解這位導演的兩種截然不同的方式。不過我在做這本書的時候，既看了侯麥的電影，讀了他的劇本，又親自飛到巴黎做了難得的訪問，甚至拍下照片。於是，侯麥不再是隱身於銀幕後的導演，卻像是一個熟知的朋友一般。不必天天見面，但是只要看到他的身影，就有一種親切的感覺；不用說一句話，只是默默相對，一切了然於胸。

　　於是，當我在閱讀侯麥的劇本時，在我心頭縈繞的不只是春夏秋冬四部電影中的人物，不全是法國、巴黎的一景一物，不單是多天的雪花夏日的海水秋天的葡萄春天的鄉下，而是一種舒緩的曲折人性，混入幽靜的愉悅情感，進入徘徊反覆的貼心和察諒。然後，我對世間情愛開始有了哲理性的思考和體會。我或許會啞然失笑，或許會暗自流淚，或許會無動於衷，但是，侯麥已經在我的生活與生命中，起了春夏秋冬的作用。

　　四季如此動人，引無數男女陷其中。除了我之外，許許多多的朋友也和我一樣，迷情於侯麥的影像和文字裡，而在這本書裡現身，他們是黃建業先生、藍祖蔚先生、閻鴻亞先生、湯皇珍小姐、彭怡平小姐、曹玉玲小姐、雪美蓮小姐、羅鴻‧賀特先生、傅磊先生、李慶安小姐、何平先生、馮光遠先生。

　　當然，像拍電影一樣，也有人是隱身幕後，如果沒有他們的默默付出，這本書將無法出現在大家眼前。他們是 Frédéric

Cheung-lung 先生，Estelle Blanquet 小姐，Estelle Bessac 小姐，Frank Muyard 先生，Stefan Ferrero 先生，顏湘如小姐、張慧卿小姐、林佳燕小姐、陳美宮小姐、蘇儀菁小姐、李達義先生、周明佳小姐、張志輝先生、張桓誠先生、涂玉雲小姐、王文娟小姐、陳建銘先生、李曉青小姐。

　　最後，如果像電影一樣可以有得獎感言，那我還要謝謝的人包括：Cédric Alviani、Danièla Elstner 小姐、王瑋先生、徐金珠小姐、沈佳蓉小姐、羅苑韶小姐、羅婉云小姐、法國在台協會、優士電影公司、LOOK 雜誌、亞當斯 Photo Lab，以及我的父親母親。

國家圖書館出版品預行編目資料

四季的故事 / 黃慧鳳編著. -- 初版. -- 臺北市 ：
麥田出版 ： 城邦文化發行，2002〔民91〕
面 ； 公分. --
ISBN 986-7895-48-7 (平裝)

1. 侯麥（Rohmer, Eric, 1920- ）- 作品評論
2. 電影片 - 評論

987.942   91009567

廣　告　回　郵
北區郵政管理局登記證
北台字第10158號
免　貼　郵　票

cité 城邦文化事業(股)公司

100台北市信義路二段213號11樓

- - - - - - - - - - - - - - - - - - - 請沿虛線折下裝訂，謝謝！ - - - - - - - - - - - - - - - - - - -

麥田出版

文學・歷史・人文・軍事・生活

編號：RD7003　　　　　　書名：侯麥　四季的故事

cité 城邦 讀者回函卡

謝謝您購買我們出版的書。請將讀者回函卡填好寄回，我們將不定期寄上城邦集團最新的出版資訊。

姓名：＿＿＿＿＿＿＿＿＿＿＿＿電子信箱：＿＿＿＿＿＿＿＿＿＿＿＿＿＿

聯絡地址：□□□＿＿＿＿＿＿＿＿＿＿＿＿＿＿＿＿＿＿＿＿＿＿＿＿＿

＿＿＿＿＿＿＿＿＿＿＿＿＿＿＿＿＿＿＿＿＿＿＿＿＿＿＿＿＿＿＿＿

電話：（公）＿＿＿＿＿＿＿＿＿＿＿＿＿ 分機＿＿＿＿＿（宅）＿

身分證字號：

（此即您的讀者編號）

生日：＿＿＿年＿＿＿月＿＿＿日　性別：□男　　□女

職業：　□軍警　　　□公教　　　□學生　　　□傳播業　　　□製造業　　　□金融業

　　　　　　□資訊業　□銷售業　□其他

教育程度：□碩士及以上　　□大學　　□專科　　□高中　　□國中及以下

購買方式：□書店　　□郵購　　□其他＿＿＿＿＿＿＿＿＿＿＿＿＿＿＿＿

喜歡閱讀的種類：＿＿＿＿＿＿＿＿＿＿＿＿＿＿＿＿＿＿＿＿＿＿＿＿＿

□文學　　□商業　　□軍事　　□歷史　　□旅遊　　□藝術　　□科學　　□推理

□傳記□生活、勵志　　□教育、心理　　□其他＿＿＿＿＿＿＿＿＿＿＿＿＿

您從何處得知本書的消息？（可複選）

□書店　　□報章雜誌　　□廣播　　□電視　　□書訊　　□親友　　□其他

本書優點：（可複選）□內容符合期待　　□文筆流暢　　□具實用性

　　　　　　　　　　□版面、圖片、字體安排適當　　□其他＿＿＿＿＿＿

本書缺點：（可複選）□內容不符合期待　　□文筆欠佳　　□內容保守

　　　　　　　　　　□版面、圖片、字體安排不易閱讀　□價格偏高　　□其他

您對我們的建議：＿＿＿＿＿＿＿＿＿＿＿＿＿＿＿＿＿＿＿＿＿＿＿＿＿

＿＿＿＿＿＿＿＿＿＿＿＿＿＿＿＿＿＿＿＿＿＿＿＿＿＿＿＿＿＿＿＿

＿＿＿＿＿＿＿＿＿＿＿＿＿＿＿＿＿＿＿＿＿＿＿＿＿＿＿＿＿＿＿＿

＿＿＿＿＿＿＿＿＿＿＿＿＿＿＿＿＿＿＿＿＿＿＿＿＿＿＿＿＿＿＿＿